海兰江畔稻花香

李春良◎著

时代文艺出版社

图书在版编目（CIP）数据

海兰江畔稻花香 / 李春良著. —长春：时代文艺出版社，2019.5（2021.5重印）

ISBN 978-7-5387-6008-8

Ⅰ.①海… Ⅱ.①李… Ⅲ.①报告文学－中国－当代 Ⅳ.①I25

中国版本图书馆CIP数据核字（2018）第257824号

出 品 人　陈　琛
责任编辑　刘瑀婷
封面题字　景喜猷
封面图片提供　中国扶贫基金会
装帧设计　李　斌
排版制作　隋淑凤

海兰江畔稻花香

李春良 著

出版发行 / 时代文艺出版社
地址 / 长春市福祉大路5788号　龙腾国际大厦A座15层　邮编 / 130118
总编办 / 0431-81629751　发行部 / 0431-81629755
官方微博 / weibo.com / tlapress　天猫旗舰店 / sdwycbsgf.tmall.com
印刷 / 保定市铭泰达印刷有限公司
开本 / 660mm×940mm　1 / 16　字数 / 147千字　印张 / 15.25
版次 / 2019年5月第1版　印次 / 2021年5月第3次印刷　定价 / 49.80元

脱贫攻坚，全面小康，乡村振兴，

在这片浸染着烈士鲜血的土地上，

我们看到了中华民族走向伟大复兴的身影。

目 录

序

1

北方，春姑娘总是满腹心事地迟疑着脚步。

过了惊蛰，那声春雷尚未惊心动魄地炸响，厚厚的冰雪已开始慢慢消融，在银被下沉睡了一冬的大地渐渐苏醒。冰凌花第一个将做了许久的春梦变为现实，小小的紫色叶片捧出星星点点的鹅黄，骄傲地点缀在晶莹剔透的冰原上。一株株小草

⊙ 盛开的金达莱

调皮地在冰雪中探头探脑，用一抹抹新绿报道着春天的消息。

这是一片神奇的土地！

这片神奇的土地是可以让人顶礼膜拜的。

翻开古籍，早有言证："大荒之中有山，名曰不咸，有肃慎氏之国。"（《山海经·大荒北经》）不咸者，神巫也，此山有神，或者神山谓之。

让我们在这片崇山峻岭中聚焦，还有一处更为神奇的所在。从深秋时节到来年的仲春之际，来自西太平洋的暖湿气流与来自北极地区和东西伯利亚的寒流不断在此碰撞交汇，形成锋面，纷飞的雪片像洁白的花朵铺天盖地，奢侈挥洒，隆冬时节，雪深可达数米。待来年冰雪消融，一条条丰沛的水流汇集到低洼处，在海拔一千多米的高山台地上形成一片神奇的高山

⊙ 甑峰岭的冬天（刘明日　摄）

湖泊，恰如一块湛蓝的宝石镶嵌在无际的绿色林海。

这片神奇的山便是甑峰岭，这方圣洁的水便是老里克湖。

终于，那一声声催人奋进的春雷从天际隐隐滚过，被寒冷冻凝太久的神山圣水终于听到了春的呼唤，似乎在一夜之间醒来了。甑峰岭上，一片片火红的金达莱映着不时降下的皑皑白雪傲然怒放。冰封的老里克湖訇然解冻，一线溪流淙淙哗哗地弹奏起美妙的乐章飞泻而下，在绿色的林海中不断牵手脉脉线溪，渐渐汇成海兰溪、海兰河。当海兰河一路欢歌奔涌出甑峰岭时，终于有了万千气象和浩荡之势，海兰江由此发端，她滋润着这片神奇的大地，浩浩荡荡，一路向前，亘古奔流。

2

一江碧水，南下东流，海兰江在高远的天地间悠悠，恰如一条时间的长河穿过历史的风云从远古的洪荒涌来，滋养了一辈又一辈中华各族儿女，也见证了这片神奇土地上先祖们的刀光剑影、生死歌哭。

公元696年，武则天在位的万岁通天元年，一个叫乞乞仲象的人和当时许多的王公大臣一样，不满于被一个女流之辈统治，带领其粟末靺鞨旧部在营州（今辽宁朝阳）起兵造反了。武则天采取剿抚结合的策略，封乞乞仲象为"震国公"，乞乞仲象不为所动，继续东逃。不久，乞乞仲象在逃亡中病死，其子大祚荣继续率部逃往辽东。

公元705年，唐中宗复位，大祚荣俯首称臣，并派次子大门艺入朝留作中宗李显的侍卫。

公元713年，唐玄宗李隆基遣崔忻摄鸿胪卿，封大祚荣为左骁卫员外大将军、渤海郡王，"渤海"便取代了"震"，成为其新封号。

公元762年，唐代宗李豫念渤海郡王大钦茂在平定"安史之乱"中有功，升郡为国，加封大钦茂为渤海国王，一品校太尉。

⊙ 唐渤海国中京显德府遗址（刘明日　摄）

随着渤海国在唐王朝地位的不断上升，开启了这片神奇土地其后长达数百年的繁荣。这个由肃慎人后裔建立的地方政权，全盛时有5京15府62州，统治范围覆盖东北全境和朝鲜半岛东北部及俄罗斯远东部分地区。海兰江畔的中京显德府曾是其故国都城，生活在这里的肃慎族系的靺鞨人，华夏族系的汉人，东胡—鲜卑族系的契丹人、奚人、达菇人，突厥族系的回鹘及九姓杂胡人，以及夫余—濊貊族系的高句丽人一起，用勤劳的双手和无穷的智慧共同创造出了东北大地上灿烂的古代农耕文明，"卢城之稻"屡屡出现在《新唐书》中。

秋风起兮遍地金黄，海兰江畔稻米飘香。车辚辚，马萧萧，一石石"卢城之稻"装袋打包，牲驮车载，顺着这条尚未得到重视的丝绸之路一路奔向西南，过沈洲（今沈阳）入榆关（今山海关），向着长安昼夜兼程，在朝贡的大路上扬起一片又一片历史的烟尘。

3

葱茏的田野，漫山的金达莱。海兰江劈山落涧，风雨兼程，浩浩荡荡，奔腾向前。

2015年7月16日，这是一个历史性的时刻，甑峰岭记住了，海兰江更记住了。

这天下午，蓝天如洗，白云悠悠，艳阳普照。海兰江畔一望无际的万亩稻浪，碧波起伏，习近平总书记健步走来。他说："中国有13亿人口，要靠我们自己稳住粮食生产。粮食也要打出品牌，这样价格好、效益好。祝乡亲们大丰收。"

"红太阳，照边疆，青山绿水披霞光，长白山下果树成行，海兰江畔稻花香……"伴着优美的音乐旋律，习总书记说，几十年前自己当村党支部书记时，广播里每天都放这首歌，非常熟悉，今天来到了海兰江边，歌中所唱的就是这里。

习总书记说，随着农业现代化步伐加快，新农村建设也要不断推进，要来个"厕所革命"，让农村群众用上卫生的厕所。公共服务要更多向农村倾斜，向老少边穷地区倾斜。

习总书记还说，我们正在为全面建成小康社会而努力，全面小康一个也不能少，哪个少数民族也不能少，大家要过上全面小康的生活。

甑峰岭下，海兰江畔，这个自古以来就是多民族中华儿女聚居的边疆地区，再次吹过鼓舞斗志的熙熙春风，再次响起催人奋进的滚滚春雷。

第一章

三访光东

一、光东，一个革命性的细节

我第一次听说光东村这个地方，是缘于习近平总书记曾在这里提出的一个革命性倡导。所以，此次有机会深入延边大地，我第一个想去的地方便是光东村。

汽车在崇山峻岭间穿行。春雨霏霏，刚刚抽出嫩芽的树木在山岭间氤氲出洗目的绿雾，间或有几束火红的金达莱点缀其间，一切都朝气蓬勃着。

光东村隶属于和龙市东古城镇，所以我们此行的目的便是和龙市。一路上，和龙市委宣传部苏志远部长和市文联崔静花副主席不断地电话沟通，安排未来几天的行程和采访对象，让我感受到和龙人待客的热情和细致认真的工作态度。

车窗外不知何时飘起了漫天大雪，车正行驶在有些险峻的山路上。绿树、红花、白雪，如此奇景连我这个地道的东北人也不曾多见，便带着满腔兴奋下车，对着苍茫雪野中的绿树红花一顿狂拍狂录。可是，上苍很快就对我有些幼稚的兴奋进行了无情的惩罚。越往山上走雪越大，接近山顶时，大雪竟近一尺厚，车轮开始打滑摇摆，狠踩油门，发动机声嘶力竭地轰鸣着，排气管很快便烧得通红，不断有车抛锚停了下来。电话求援，此地却无任何通讯信号。天黑下来，我的心一阵紧似一阵地发慌，开始诅咒这恶劣的鬼天气。已是仲春时节，我们衣衫单薄，如果被困在这里，待汽油耗尽，真的会冻死人的。上山的车辆开始了互救，人们集合在一起，艰难地向前推着车。风雪吹打着，一会儿就把人冻得透心凉，一段几百米的路，竟然耽搁了整整三个小时。

将近午夜时分，我们终于一头扑入灯火辉煌的和龙市区，漫天风雪中，苏志远部长正站在路边焦急地眺望。他说，联系中断后他就断定我们走了一条不该走的近路，若再联系不上，就要找救援车辆接应我们了。看来，卫星导航有时也不靠谱。当我得知刚刚历险的这座山岭就是甑峰岭，岭上的老里克湖就是海兰江的源头所在时，我恍然大悟，只有经历一番艰难之后的所得才更有价值、更有意义吧。冥冥之中，上苍已做了最巧妙的安排。在光东村，在海兰江畔，在这片神奇的土地上，我一定会有极其宝贵的发现和收获。

第二天，陪同的文联小徐得知我此去光东村，最想看、最想了解的是村民的厕所时，有些吃惊地瞪大了眼。

是的，"看厕所"是我此行的首要任务。

三年前，就是在这里，看到家家户户庭院中的旱厕，习近平总书记言语温和又满怀深情地发出了号召：随着农业现代化步伐加快，新农村建设也要不断推进，要来一个"厕所革命"，让农村群众用上卫生的厕所，基本公共服务要更多向农村倾斜，向老少边穷地区倾斜。

我想起了古代的一个真实的故事：

两千多年前的春秋战国时代，左丘明在他的编年体史书《春秋左氏传》中做了如下记载："六月丙午，晋侯欲麦……将食，张，如厕，陷而卒。"说的是六月六日，晋侯想尝尝用新收割的麦子做的面食，要吃时，又感到腹胀，便上厕所，结果掉进茅坑淹死了。

从晋侯跌落茅坑熏溺而死的不幸故事中可以看出，我们的旱厕是几千年一贯的结构型制：地下挖一深坑，地表做一蹲坑，地上建一圈围挡。唯一改变的是先祖们揩擦的方式，开始是用竹片或木片，谓之"厕筹"，蔡伦发明造纸术后用上了纸。时至今日，顶多是坑挖得更深些，建筑材料更坚固些，石灰撒得更多些而已。目前，我国人口已达13.9亿，还有将近一半的人生活在广大的乡村。延续了几千年的传统如厕方式往往被人们忽视，习惯成自然，大多数人认为这是一个多么微小甚至上不了大雅之堂的问题。然而，习近平总书记却以领袖的情怀和战略家的眼光看到厕所是文明的标志，是人类文明进步的象征。实施乡村振兴、建设美丽乡村、实现全面小康的战略目标，必须先给广大农村群众的如厕习惯来一场彻底的革命。

世界厕所组织发起人杰克·西姆说："看一个城市的文明程度，最好看它的公厕，公厕怎样，城市的文明就怎样。"

朱莉·霍兰在《厕神：厕所的文明史》一书中写道："文明并非从文字开始，而是从第一个厕所的建立开始。"

公元前3世纪，统治幼发拉底河和底格里斯河的萨尔贡一世一口气在自己的宫殿中建了六个豪华厕所，并极力向他的王公大臣们显摆炫耀。

四千多年前的古罗马城，厕所里就引入了流动的泉水，方便如厕者冲洗。

由此可见，厕所文明一直伴随着人类文明发展的脚步，成为衡量人类文明进步的一个重要标志。

我不知道南方农村的厕所发展到了什么程度，至少在北方的农村，包括我家乡的父老乡亲，一直使用的都是旱厕，冬冷夏味，不忍直视。"厕所革命"一旦实施，广袤的农村地区延续了几千年的如厕方式将被彻底改变，带给数亿农村群众的不仅是生活环境的改善，更是生活习惯和生存观念的改变，使广大农村群众的文明程度跃上一个新的台阶。

接待过总书记的李龙植大爷的家就在光东村村委会的前面。地炕整洁，窗明几净，总书记做客时的大幅合影照片挂在室内最醒目的位置。征得主人的同意，我察看了李大爷家的厕所，房屋靠窗一角，铝合金拉门、洗衣机、热水器、排风扇，一应俱全，最抢眼的当属那个一尘不染的抽水马桶。我按了一下，水流很冲，且上水很快。

之后，我又走访了几家，家家如此，所不同的只是根据个人习惯，有的是坐便，有的是蹲便。说实话，光东村村民家的厕所已经和城市居民家的基本没有什么区别了。

陪我同来的是下派到村党支部的玄杰副书记，他说，他们早在去年就已将旱厕全部改造完毕，现在全村家家户户都用上了冲水厕所。

"没有阻力吗？"我问。

"阻力当然有，"玄杰说，"上旱厕，毕竟多少年来村民们都习惯了。虽然市里和村上解决了大部分资金，可要重新间壁屋子，重新改电改水，还要重新铺装下水道，一些村民觉得麻烦。还有提前改造的一批，冬天时由于水压不够、填深不够被冻住了，村民就产生了一些意见，不过经过及时整改，目前这些问题都已经彻底解决了。"

我最关心的还是污物排到室外哪里去了，会不会再造成环境的污染。

玄杰书记把我领到室外，每户室外菜园中均有三个密闭的大塑料罐。罐子埋于地下，只露罐盖。

"这是城建部门专门设计的，排泄物在此罐中经过自动处理，转化为有机肥料，不会对环境造成任何污染的。"土生土长的光东村现任村支书金英淑操着有些生硬的普通话说，

"以前在城里工作的孩子们回村时最打怵的就是上厕所了，特别是冬天，现在回来探望老人的孩子们跑得勤多了。"

目前推广情况怎么样？在全市铺开了吗？还是只有一个光东村？

和龙市委宣传部苏志远部长说，全市试点工作已经结束，正在从东古城镇和西古城镇逐步推向全市。由于地处高寒山区，冬天要考虑上下水管道的防冻，改造成本较大，要把这项具有深远历史意义的造福民生的大事抓好，必须认真细致，踏踏实实地稳步推进，不能好大喜功，更不能大帮哄走形式。

延边州农委的奇处长告诉我，全州的"厕所革命"也已按计划逐步铺开，采取政府出资金、村民出人工的方式，争取用三年时间，将全州农村的旱厕问题全部解决。

这个伟大的壮举，由习近平总书记首倡，迅速得到了延边各族干部群众的热烈响应，一个延续了几千年的如厕习惯将彻底改变。对于生活在这片黑土地上的人们来说，改变的不仅仅是如厕方式和习惯，相信随着时间的推移，其现实意义和历史意义会逐步显现出来。善莫大焉，功莫大焉，而这一切，发端于光东，肇始于光东，光东，何其幸也。

二、光东，一个无法回避的现实

终于，我看到了有些浩荡之气的海兰江，一幅不算宽阔的江面，一江不息的春水，正奔腾向前，去完成自己滋润两岸土地的神圣使命。

二进光东村，是和电视纪录片《海兰江畔稻花香》的摄制组一起。作为组里的一员，或者说编外一员，在主任李冬冬和导演葛维国带领下，又扛着三脚架和机器，一行九人便有了点儿浩荡的意味。这次，我轻松了许多，不用制订详细的采访计划和提纲，你一句他一句地漫谈，很快就会把一个问题弄得清楚明了。

我们在光东村街头漫步，街道干净整洁，路边绿植花草，春意盎然，一排排崭新的极具朝鲜族特色的民居——黑瓦灰墙，大坡翘角——静默于蓝天白云之下，碧绿原野之上，让人仿佛置身于一处环境优雅而静谧的度假村。村外，万亩稻田在海兰江水的浇灌下，秧苗青青，蟹田鸭田的有机稻正茁壮生

⊙ 海兰江畔观光稻田

长，还有近万平方米的水稻观光园，拼成美丽图案的各种颜色的稻苗正在返青。

在观光栈道上，一个突然冒出的想法无比强烈地涌上我的心头，是的，我需要了解这个村的前史，她是什么时候变得如此美丽，又经历了一个怎样的蜕变过程？

回望浩瀚的历史，这片广袤的土地曾历经苦难，人类的文明在这里建了毁，毁了建，不断循环往复，只能用一个个片段勉强描绘出历史的烽火硝烟。及至清王朝，这片作为始祖发祥地的神山圣水又被封禁了两百余年。两百年，在历史的长河中虽只是短暂的一瞬，但也足以让人类的文明消失殆尽。海兰，满语意为榆树，海兰江，榆树之江，两岸长满榆树的江，或者，在榆树林中流淌的江。直到19世纪末期，朝鲜族先民北迁，与来自关内的汉族和其他民族先民一起，再次在这片荒芜了两百余年、长满了榆树的土地上燃起了人类文明的炊烟。朝鲜族先民自从商纣王的叔父箕子建立箕子朝鲜，教民耕作、开垦箕田开始，数千年的稻作历史，养成了精耕细作的传统，积累了丰富的粳稻种植经验。很快，海兰江畔便再次长出了"卢城之稻"。

然而，长出了"卢城之稻"的这片土地并没有让人们很快地富裕起来。光东村党支部书记金英淑回忆说，三十多年前自己嫁到光东村时，刚刚解决了温饱的村民生活仍然很艰难。在这片号称海兰江畔平岗绿洲的土地上，人们日出而作，日落而息，起早贪黑辛勤地劳作着。每家每户守着不到一公顷的土地精耕细作，但单凭种地卖粮想过上富裕的生活，仍然是不切实际的幻想，村民们苦苦求索着摆脱贫困的路径。所以，20世纪90年代初，随着国家改革开放进程的不断加快，劳务输出终于成为村民们的首选。由于语言相通的优势，光东村人纷纷拥出国门到韩国打工，原先1000多人的村庄，最少时仅剩下不足300人，且基本上都是老弱病残，建档立卡的贫困人口达77户127人。

的确，漫步在光东村街头，你很难碰到一个年轻人。整洁的街道，美丽的民居，绿树成荫，红花绿草，这美丽的一切和空旷寂静形成强烈的反差。午后的阳光懒洋洋地照着绿毯一样的土地，寂寞湖水一样漫过我的心头。我循着声音，拐过几道弯，眼前豁然一亮，一群朝鲜族阿爸吉阿妈妮正在打门球。门球是朝鲜族群众喜爱的一项运动，尤其是老年人。在后来的行程中我了解到，门球场是海兰江畔每一个村庄的标配。我找到一个金姓老大爷攀谈起来。

金大爷告诉我，他有二女一子，前些年小女儿大学毕业后定居上海，另两个孩子在韩国打工，只有他和老伴生活在村里。

"都走了，即使村里建得再好，他们也不愿意回来种地了，等我们这些人都死了，村庄就没了。"

虽然谈到了生死这样严肃的话题，但金大爷却很乐观，他乐呵呵地说着，似乎只是说了句玩笑话。他的目光越过我的肩头，望向葱茏的原野，望向东山坡那座烈士纪念碑，又分明闪过一丝苍凉和无奈。

是的，年轻人都走了，也少有孩子们的欢声笑语，村东南的光东小学旧址牌上，清晰地记录着在校学生最多时曾高达800多人。

光东很美，可光东也很苍凉。那么光东凋敝了？光东空心化了？难道她还要以某种固有的规律继续着空心化的进程，继续凋敝下去？

下派驻村的党支部副书记玄杰告诉我，村里的确很难见到年轻人的身影，即使去韩国打工回来的人，现在也都在城里买了房子，不愿再住在村里。所以市里下派该村的扶贫工作队某种意义上说更像是为村民服务的全能工作队，只要村民有需要，他们这些年轻的工作队员就像儿女一样跑前跑后地为老人们奔忙。

二访光东村，金大爷的话让我无法回避，年轻人都走了，有条件的老人们也走了，村庄的未来在哪里？难道真的会像金大爷说的那样，当他们这茬老人们离开时，如此美丽的村庄就会随之消失吗？我的心情沉重起来，却突然见村头走来几位身着鲜艳长裙的年轻姑娘，她们会说汉语。询问得知，她们不是光东村人，但却在光东工作，大部分时间住在光东，她们是一家旅游公司的工作人员。

看来，光东村还有许多我不了解、不知道的事情。这样浮光掠影地走访，只停留在生活的表层，看不到生活的肌理，无论如何不能算是在深入生活。

三、光东，历史能否给出满意的答案

第三次来光东，海兰江畔的和龙大地正澎湃着一种无法言说的激情。这激情火一样热烈燃烧，从城市到乡村，从干部到群众，全市上下，正在进行一场脱贫攻坚的决战。机关干部们在主要领导带领下，全部住在村里，工作在村里，除了日常工作外，一切工作围绕着脱贫攻坚展开。和龙人民正在进行脱贫攻坚的百日会战，2018年，他们要彻底摘下国家级贫困县的帽子。在和龙市委宣传部的安排下，我直接住进了村子里。这

⊙ 光东村新貌

样，我便有充足的时间去走近每一个有故事的光东人，走进他们的精神世界，察微探幽，再以一个光东人的视角，去审视，去反思，去展望。

吗西达，在朝鲜语中是好吃的意思。伴随着机器设备的轰鸣声，金君给我讲起了他们公司生产的大米品牌，讲他的出走与回归，讲他们家族几代人的种田故事。

金君是"80后"，是迄今仍工作在村里的几个年轻人之一。谈起他的稻米加工厂，金君说他和水稻有缘分。

那是20世纪90年代初，金君清楚地记得，小学一年级的那个春天，劳动课上，老师发给每人几个塑料托盘，一包稻种，一包土壤，让他们学习播种。当时的光东小学有校园田地，三年级时他们开始学习插秧，五年级时学习收割。那一方校园田地培养着几百名孩子对土地、对水稻的感情，成了一代又一代光东村人延续农耕文明的试验田。后来去镇里上初中，去延吉上高中，农忙时节，金君仍然回到村里帮父母播种插秧收割。

2002年高中毕业后，金君去日本留学，先在语言学校学习了一年半，后考取了静冈产业大学国际经营情报专业，毕业后在东京一家电器公司工作。这期间金君结识了同在日本工作的延边姑娘方海花，并且很快确立了恋爱关系。一对年轻人在谈婚论嫁的同时，不断憧憬着未来的美好生活，却从没有想到有朝一日还会再回光东，回到海兰江畔的这片土地上，从父辈们手中接过种水稻的重任。

接到叔叔金淳哲的电话，金君心里是矛盾的。

七年的留学和工作经历，金君已经完全适应了日本城市的生活。回去种田，就必须放弃在外漂泊多年奋斗得来的这一切，意味着一切都要重新开始，特别是想到自己回国是种水稻，这个自己上小学时就掌握的劳动本领，让金君觉得自己在外求学奋斗多年的努力都将变得毫无意义。金君打算和恋人继续留在日本，准备拒绝叔叔。可是金淳哲却说，这也是金君的父亲金玉哲的意思。

听了这话，金君沉默了。离家这些年，金君深知父亲的不易，更知道父亲对土地那份割舍不下的深深情感。

金玉哲是土生土长的光东村人，20世纪70年代就担任了村治保主任、民兵连长，后来又当了村党支部书记，见证了半个世纪来光东村的发展变化。当光东村人或去韩国务工，或搬到城里时，金玉哲默默地选择了坚守。他把逃离乡村的人们抛荒的土地接过来耕种，几年下来，竟达十几公顷。那时还没有"土地流转"这个词，国家没有种粮补贴，农业税也尚未取消，坚守在土地上就意味着投入的辛苦多，得到的回报少。

时间到了2004年，完全靠种地已经维持不了两个孩子的求学路了，几经犹豫，金玉哲做出了重大决定，和老伴去韩国务工。临别，他找来弟弟金淳哲，反反复复只交代了一句话，祖祖辈辈耕种的土地，绝不能让一分撂荒了。

当年，父母为了供自己和弟弟上学，不得已背井离乡远走韩国务工。现在自己学业有成，叔叔又上了年纪，操持不了农活了，他们正在海兰江边翘首期盼着金君的回归。

回归，回家种田，冲破世俗的阻力，种出优质的"卢城之稻"。金君仿佛看到了父辈们殷切的目光，听到了海兰江畔这片生养自己的黑土地的深情召唤。

2009年夏天，金君放弃了日本的工作，携恋人方海花回到了光东村，从叔叔手中接过了20公顷土地，一个碾米作坊和平岗大米、琵岩山大米两个品牌，开始了在家乡的艰苦创业。

那是一段艰难的日子。机械化作业、大面积种植是农业的发展方向，特别是在劳动力大都外出务工的光东村，离开了机械一切都玩不转。可是一台插秧机要三四万元，一台收割机要十几万元，资金短缺的瓶颈无法解决，生产出优质的有机大米、建立生产加工销售一条龙的农业公司的创业理想就无法实现。

父亲说，种田如养地，急不得，虽然利润低，但攥一把能出油的黑土地是不会亏待诚心以待的农民的。

金君听从了父亲的建议，沉下心来，认真种田、收获、加工、销售，然后把收入再投入下一年的生产经营，以一年购买一到两台大型机械的速度慢慢地滚动发展着。可是，前进的路从来没有一帆风顺的，上苍似乎有意考验这个返乡创业的年轻人。2012年6月份的低温冷害一下子将海兰江畔的水稻成熟期推迟了十几天。刚开始收割，10月17日，一场暴雪突然从天而降，刚刚成熟的水稻被冻硬在田地里。好容易盼来了天气转暖，可又一场暴雪不期而至。几经冰冻融化，沉甸甸的稻穗终于承受不起大自然的折腾，纷纷倒伏在冰水里。

国家一级水稻的含水标准为14.5%，最多不超过15%，正常收割的水稻含水量在16%至18%，而这些从冰水中捞出的水稻含水量却高达30%，无论怎么烘干，都已严重影响了品质。

这一年，金君非但没有利润，还一下子赔了一百多万。面对损失，村民欲哭无泪，遭此打击，一些小的种粮户更加快了逃离土地的步伐。让人们意想不到的是，这些困难丝毫没有动摇金君继续种田的决心。在他看来，2012年的这场天灾，他们是吃了没有大型机械的亏，只要有大型收割机，加上准确的天气预测，这样的天灾造成的损失是完全可以避免的。他把所有离开村庄的农民的土地流转过来，又把在韩国工作的弟弟动员回来加入了公司，心无旁骛地在海兰江畔种起了他的有机稻米。

经过不懈努力，目前金君的淳哲有机大米农场有限公司已流转土地近百公顷，水田70公顷，拥有大型收割机3台、插秧机12台、播种机1台、拖拉机3台、年产2.5万吨的大米加工设备1套。生产海兰江畔光东村大米、五谷杂粮、高粱、糙米、黑米、小米等6个系列十几个品种的有机米。有几十名有劳动能力的村民在公司工作。公司还在延吉市设立了直销店，金君的爱人方海花负责日常销售。2017年公司的年产值已达3200多万元，这个集生产、加工、销售于一体的农场公司终于步入了良性发展的轨道。

金君不仅在海兰江畔种出了有机稻米，还让他的有机米走上了千家万户的餐桌，初步实现了当初返乡创业的理想。

告别金君时，正值中午，天地间日华朗朗，天气有些炎热。送我到公司庭院，金君指着正在封顶的一栋建筑介绍说，这是延边大米展示馆，现在正在进行VR场景内容确认，初步确定展示内容为农资超市、催芽大棚、专属稻田、私人定制稻田、主席视察地、民族村、稻田收割、原粮仓加工厂、成品仓等等，下次再来就能看到了。

然后，他又意犹未尽地返回室内，拿出一张图片给我看。图片上有一位身着朝鲜族服装的姑娘，还有一行醒目的文字："来自长寿之乡海兰江畔光东村，让你一生难忘的有机大米。"金君说，公司已经和延边歌舞团演唱《难忘的一天》的青年演员朴银花签下了企业代言人的合同，下一步，有机米的宣传力度还要进一步加大。

阳光下，金君朴实的面庞透出了一丝坚毅。"回想小学一年级时，老师就开始在校园田地里教我怎样做一个农耕文明的延续者，"金君说，"我返乡种田，一辈子种有机稻米，让人们吃上放心的有机大米的决心此时更加坚定了。"我意识到，和他的父辈们不同，金君已不再是传统意义上的农民了。那么，他会成为光东村的主人吗？或者说，光东村未来会做出怎样的选择呢？

这天下午，我又见到了工作在村里的另一位年轻人——一位美丽的汉族姑娘杨丽娜。

和金君不同，对于光东村，对于西古城镇，甚至对于和龙，杨丽娜都是个地地道道的外乡人。让时光回到八年前，那时的杨丽娜还是个二十刚出头的小姑娘，大学毕业后几经选择，决定投身旅游行业。从松辽大平原到长白山区，和所有刚参加工作的年轻人一样，杨丽娜也有过犹豫和矛盾，也有一个渐渐适应长白山区工作和生活的过程。后来，她认识了也在做旅游的史兴存，共同的创业理想让一对年轻人很快确定了恋爱关系。守着长白山这块得天独厚的旅游资源，杨丽娜看到了创业的巨大商机和美好前景。不久，她辞去公司的计划调度工作，成立了自己的旅游公司，凭着对旅游市场的准确把握和丰富的人脉关系，公司的业务很快便风生水起，成为长白山区旅游市场上一支新兴的重要力量。

创业顺风顺水，爱情也结出了硕果。杨丽娜和爱人史兴存分别经营着一家旅行社和旅游公司，可谓比翼齐飞，成就了一段佳话。在很多人眼里，他们已经创业成功，幸福生活会一直这样过下去。可是杨丽娜天生就是一个敢闯敢拼的人，她看到天南地北的客人来到长白山饱览了大自然的神奇风光后，对朝鲜族民俗文化都分外感兴趣，便产生了再成立一个文旅公司，专做朝鲜族民俗旅游项目的想法。经过反复考察比较，杨丽娜把目光投向了光东村。经过反复的协商谈判，2011年4月份，她租下了废弃的光东小学旧址，开始了紧锣密鼓的施工改造。那一阵子，杨丽娜就吃住在工地现场，组织指挥着工人施工，还要抽出时间走街入户，动员适合表演的朝鲜族阿爸吉、阿妈妮参加公司民族舞蹈表演队。由于语言不通，不仅交流不畅，还曾遭到过村民的误解，为此，杨丽娜曾经狠学了一段时间朝语。

2011年7月2日，延边光东朝鲜族民俗旅游服务公司挂牌营业了。和杨丽娜分析的一样，由于光东村正处在去往长白山景区的节点上，有70%下山的客人、20%上山的客人和10%去俄罗斯的客人都要路过这里。公司旗下的朝鲜族民俗餐厅一开业便宾客盈门，当年就接待路过游客超过6万人次。

2012年，政府强力推动的农村泥草房改造工程再次给了杨丽娜商机。经过三年时间，光东村的住房全部改造成焕然一新、独具朝鲜族民族特点的民居。由于村民纷纷外出，这些民居空置率很高。

把路过的客人留下，让他们体验一下住朝鲜族民居的感觉。公司加农户，企业加村民，公司带动着村民一起做大做强，杨丽娜再次为自己，也为光东村人描绘出一幅美好的蓝图。

在村党支部的支持下，杨丽娜说干就干，又开始一家一户地联系走访，动员村民与公司合作，由村民出房子，公司出改造装修资金。她设想前期利润的70%归公司，30%归村民；收回投资后，利润的70%归村民，30%归公司。可是经过接触，大多数村民不同意，有的村民甚至怀疑起杨丽娜的动机，宁可将房屋空置。杨丽娜只好调整思路，以交付租金的形式先将民居租下，改造一户投入使用一户。这个过程是漫长而艰难的，但杨丽娜顽强地坚持着。必须让村民看到实实在在的收益，他们才会打消顾虑。让村集体的收入和企业的发展一起成长，她这个外乡人才能真正融入光东村。

⊙ 光东村民宿

经过努力，目前，杨丽娜的公司已经完成了25户民居变民宿的改造。虽然过程缓慢，没有形成规模效应，每天接待能力有限，影响了市场推广，但杨丽娜坚信自己的判断，一年几十万的游客到访量，如果有5%的客人想留下体验一下朝鲜族民宿，那总数会是多少？要是达到10%呢？

这天下午，在杨丽娜的公司办公室，她滔滔不绝地讲述着正在做的工作和未来的打算，眉宇间透露出深深的自信。她没有讲创业的艰难，资金的短缺，市场竞争的残酷，也许她根本就不想讲。

"要把光东村所有空置的民居改造成旅游民宿，让光东村成为游客深度体验游的重要基地，把离开光东村的年轻人吸引回来，最起码部分地吸引回来。年轻人回来做什么？客人留下了，要有吃喝玩乐的地方，所以光东村的亮化工程一定要高标准。公司已经和村里协商过了，还要有一条或者几条朝鲜族特色小吃街、啤酒街、娱乐街、购物街、朝鲜族风情体验街，要让村民和公司一体化发展，让年轻的、年老的村民在村里就能有一份不错的工作。要把海兰江畔的大米、木耳、蜂蜜、蘑菇做成高附加值的旅游产品，所有这些都需要大量村民的参与……"

杨丽娜语速极快地为我勾勒出一幅光东村的美丽画卷，让我看到了这个村庄生机勃勃的未来。

窗外，突然人声喧哗起来。

一台台旅游大巴驶入公司朝鲜族民俗餐厅的庭院，整齐地排列在当年光东小学的操场上，公司的员工——一群身着朝鲜族鲜艳服装的年轻姑娘顺序上前，带领游客或参观稻田，或参观民居和村貌，或安排就餐，忙而有序。村里的舞蹈队正欢快地跳着长鼓舞，以朝鲜族群众特有的礼仪欢迎着来自四面八方的客人。

是夜，我就住在杨丽娜公司的光东民宿19号庭院中。暗夜中太阳能路灯的光有些昏黄，整个村庄一片沉寂，有那么一刹那，甚至寂静得可怕，便想起了杨丽娜关于高标准亮化村庄的话。毫无疑问，她描绘的光东村的宏伟蓝图，又唤醒了我对这个"空心化"的村庄未来的美好想象和希望。

午夜时分，沉沉的夜空突然电闪雷鸣，大雨滂沱。我想，经过了暴雨的洗礼，明天的光东村一定会更加美丽吧！

第二章 / **北方塘约**

一、塘约简史

来到和南村，听着村民一句句质朴而真诚的话语，我就突然想起了塘约。尽管这里仅仅有一个雏形，和塘约比起来，一切才刚刚起步，或许和南村永远发展不到塘约的程度，但我还是希望和南村能成为中国北方的塘约。

所以，很有必要简单介绍一下塘约。

塘约，贵州省安顺市一个偏远的村庄，与北方的村庄比起来算是一个大村，有村民921户，3300多人，自然环境差，致富门路少，村集体底子薄，村民穷。村民们为了谋生大多外出务工，塘约成了安顺市有名的贫困村，空心村。

2014年夏天，一场百年不遇的大洪水袭击了整个村庄，把本就贫困的村民再次逼到了生存的绝境。

是破罐子破摔就此沉沦下去，还是置之死地而后生，振奋精神发愤图强重建更加美好的家园？塘约人最终选择了后者。他们不等不靠，在村党支部书记左文学和11名党员干部带领下，抓住土地确权流转的契机，成立了村社一体的专业合作社，种植浅水莲藕、精品水果、有机蔬菜和绿化苗木，不断壮大集体经济，走出了一条共同富裕的康庄大道。仅用两年时间就彻底甩掉了贫困村的帽子，使村集体的收入达到200余万元。随着村集体经济的壮大，村里有了更多能力投入公益事业和扶贫济困活动，村党支部也更有威信和感召力，在外打工多年的村民开始了大回归，昔日的空心村终于以一个初步繁荣、共同富裕的社会主义新村的面貌呈现在世人面前。

总结塘约的经验，我们发现最难能可贵的还是在重建家园、摆脱贫困的奋斗过程中，塘约村党支部坚强的核心领导，党员干部的模范带头作用，以及广大村民建设美丽家园、创造美好生活的良好愿望和强大的内生动力。

改革开放以来，在市场经济大潮的冲击下，一些基层的村党支部软弱涣散，一些党员干部私心重，在群众中威信不高，致使组织建设形式主义严重，村党支部战斗力不强，要靠这样的队伍带领广大村民去摆脱贫困、振兴乡村、走上全面小康的幸福之路，无疑增加了许多不确定性和风险性。

好在，我们有了塘约，左文学和他的党支部给我们提供了一个成功的范例和模本。毛泽东同志曾说："世间一切事物中，人是第一个可宝贵的，在共产党的领导下，只要有了人，什么人间奇迹也可以创造出来。"

是的，我们有了左文学这样的共产党员，有了创业初始的11名渴求为人民服务的党员干部，就能打造出中国农村最基层的特别能战斗的堡垒核心，就能激发出塘约村全体村民渴求改变、建设美好家园的强大内生动力，就能够创造出当今的人间奇迹。

有一个细节特别让我感动。

修路。上级政府只能为塘约村提供原材料，塘约村党支部决定村民们义务出工。一声令下，全村男女老少都来了，白天没时间的就晚上来，他们打着手电来、提着电瓶灯来，或者开着自家的汽车、摩托车来，各种灯光汇集在一起，照亮了施工工地。他们以不来工地义务劳动为耻，以多为工地搬一块砖为荣，上至80多岁的老共产党员，下至十来岁的孩子，纷纷加入义务劳动的大军。

想象一下，在当今社会，这是何等壮观而又让人动容的义务劳动场面！

再举一例。

乡风民俗。红白事办酒宴，村民们随份子，而且份子越随越多、酒宴越办越滥，五花八门的名目完全改变了原本乡邻互助关心的味道。有的村民甚至赌博输了、母猪下崽都要办酒席收礼，曾经的塘约甚至有村民贷款办酒席，借钱随礼。人情债像一座沉重的大山，压得塘约人喘不过气来。

对此，村党支部制定了九条乡规民约，成立了塘约村红白事理事会，村集体每年拿出60万元，为村民的红白事免费操办酒宴，统一标准，严禁收礼。其他酒席一律严禁，违反者村民委员会停办一切手续。

此规定一出，在塘约延续多年的陋习得以彻底扭转，乡风改变，村民的精神面貌也为之一振。

这，就是塘约！

二、有可比性吗

来和南村，我是奔着和龙市审计局的下派书记金成杰来的，可是金成杰却不断向我讲述村党支部书记玄在权，言语中满是夸赞和表扬。

和南村隶属于和龙市龙城镇，是2002年由西街村、南街村并入和南村三村合一的村庄，全村850户2720人，以朝鲜族村民为主，占全村人口的60%，其余为汉族和满族。实际在村人口580户1350人，空心比率50%，曾经是国家级贫困村。

玄在权是村里较早离开土地去城里打工的，后来妻子摔伤了，落下残疾，为了便于照顾，他才回到村里。2010年，经大家选举担任村党支部书记时，他已经是拥有50多公顷土地的农场主了。应该说此时的玄在权若只考虑自己的话，他是不会担任村党支部书记的。50多公顷优质的耕地，3台大型农机具，不再打拼奋斗，也足可以让全家人生活得很滋润。可是长

⊙ 和南村

久以来，玄在权的心里一直沉睡着一个梦想，现在村民的推荐、党组织的信任又一下子把这个梦想唤醒了，他要尽最大努力改变自己生活的村庄，带领全体村民一同走上富裕之路，过上更加美好的生活。

共同富裕，就要大家绑在一起干！

可是，怎样才能把大家绑在一起呢？当年的大锅饭严重挫伤了农民的积极性，扼杀了个人的主观能动性，承包经营这些年，村民们已经习惯了各自为战，如何把分散的民心重新聚拢在一起？

玄在权经过反复考虑，认为出路只有一条——成立专业合作社。全村850多户，若是一个合作社不够，就成立两个、三个。开过村党支部会，玄在权和村支委、党员代表们纷纷到各农户家走访、征求意见。结果却十分令人失望，包括128户贫困户在内，大家对成立专业合作社反应平淡，想加入的只有十几户。面对这样的结果，亲戚朋友都劝玄在权算了吧，既然是合作社，总不能村支委们一厢情愿吧。

那段时间，对玄在权来说是比较难的，每当夜深人静，他便独自一人漫步村头，瞅着漆黑寂静的村庄，瞅着这方养育了自己和无数亲人邻里的让人既爱又恨的土地，任万千思绪随着淙淙哗哗的渠水流向深远的夜空。渐渐地，玄在权想明白了一个问题，村民们对合作社不感兴趣，是他们缺乏信心，不是认为合作社不好，而是认为合作社根本就成立不起来，即使真成立了，也未必能给他们带来好处。归根结底一句话，这不是成立合作社本身有问题，而是村民们对村党支部、对他这个支部书记的信任问题。这些年，人心都过散了呀。要想聚拢人心，让大家重新抱起团来，他这个支部书记必须首先带头，做出个样子来给大家看。

玄在权反复与妻子、儿子协商，做通了家人的工作，率先以自己家50公顷耕地无偿入股专业合作社，将自己的产业变为集体的产业，成立了"一品绿"农作物种植专业合作社。

行动就是最好的宣传。这一次，村民们看到了玄在权和村党支部的决心，当年就有76户村民加入合作社，置换土地70多公顷，总投入资金160余万元。合作社向着机械化高效农业、科技化品牌农业、循环化生态农业为主要模式的新型村集体经济合作生态农场的方向迅速发展，还同时建成了合作社的农机设备存放库、粮食晾晒广场等配套设施。这一年，村集体收入从无到有，达到了16万元，56户加入合作社的贫困户全部率先脱贫。

2017年，对于和南村党支部和全体村民来说是可以载入史册的，这一年他们要彻底摘掉贫困村的帽子，让所有贫困村民全部实现脱贫。对于这件千秋大事，有了村集体经济的支撑，玄在权底气十足。

这一年，"一品绿"专业合作社入社参股村民已达到130余户，整合土地150多公顷，有机种植试验田70公顷，又建成了12座育苗大棚，专业粮食储存仓库，农机具设备配套齐全，可谓兵强马壮，土地集约化经营高效化利用初具规模。与此同时，经多方联系，合作社与北京科信旅游咨询有限公司合作，由该公司收购销售合作社生产的大米、大豆、绿豆、红豆、洋姜以及玉米须等全部有机产品。

还有因种种原因没有入社的贫困户怎么办？他们参与不了合作社的分红，若完全靠村集体收入补贴脱贫又显失公正。

脱贫的道路上决不能落下一个人，这是党中央三令五申反复强调的。和南村党支部的会又开了一个通宵，研究的结果是继续上项目，尽可能争取到扶贫资金上扶贫项目。他们充分利用本村秸秆资源，投资150万元，建设牛舍1000平方米，购买黄牛100头，向循环化生态农业又迈进了一步。他们上林蛙养殖项目、生猪养殖项目、肉驴养殖项目，所有这些项目优先委托贫困户经营。同时，党支部规定合作社的用工、村里公益事业用工，包括村老年协会组织的农副产品、朝鲜族特色食品的包装用工，均优先聘用贫困村民，让每一个贫困户不出村就能找到一份工作就业。

2017年末，脱贫验收考核开始了，60多名考核工作人员走进村里，对贫困户逐一入户核查，对村民逐一走访问卷调查，对和南村的脱贫工作进行了全面的考核评估。结果是令人满意的，和南村128户建档立卡的贫困户，266名贫困人口经过精准考查，人均可支配纯收入全部超过了国家的贫困线标准，提前三年实现了脱贫。更难能可贵的是，经过背对背测评，全体村民对村党支部、驻村工作队和村干部的满意度竟然高达百分之百。

得知这一结果，村支书玄在权哭了，下派驻村书记金成杰哭了，村支委们也哭了。脱贫攻坚的一千多个日日夜夜里，这些再难也咬牙挺过来的汉子们，面对人民群众给出的、毫不吝啬的最高奖赏，终于流下了激动的泪水。

三、三兄弟的故事

三兄弟，在和南村一带远近闻名。

　　老大赵京哲，55岁；老二赵京镐，54岁；老三赵京善，48岁。年富力强的兄弟三人，本应该成家立业把日子过得红红火火，可是在和南村，谁提起三兄弟都是叹气摇头。三兄弟似乎成了破罐子破摔、懒惰混日子的代名词。三个人挤在几十平方米的破旧危房中，靠着心不在焉地懒散耕种着几亩地，勉强度日活命。无论春种还是秋收，都要靠村干部们提醒，不然就误了农时。在村民中他们还有另一个称谓，叫光棍三兄弟。

　　驻村书记兼工作队队长金成杰还清楚地记得，那年冬天，第一次走进三兄弟家的情景。

　　"气味，那种刺鼻的气味让人喘不上气，炕上全是穿过没洗的脏衣服、喝空的酒瓶子和吃剩的食物，基本没下脚的地方。各种杂物之中，三兄弟在干什么你知道吗？他们裹在被子里在看电视。"

　　听着金成杰书记的讲述，我却怎么也想象不出当时的画面。朝鲜族群众的民居都是地炕，即使日子过得再艰难，有讲究卫生传统的朝鲜族群众的家还是收拾得干净整洁的。

　　"看见我进来，三兄弟我瞅瞅你，你看看我，都一声不吭，没有一个人搭理我们。他们表情麻木，眼中看不到一点儿神采。那种死气沉沉混日子的状态让我们每一个人都感到吃惊。"

　　光棍三兄弟，缺少内生动力，在全面奔小康的路上，他们是最容易被落下的。可是总书记早就向全党发出了动员令，全面小康一个也不能少，哪个少数民族也不能少。必须让三兄弟看到生活的希望，把他们的"志"先扶起来，也让全体村民看到驻村工作队是真正来扶贫的，不是来走形式应付了事的。讨论会上，金成杰确定了驻村工作队进村后的第一个重点工作目标。

之后的日子，金成杰抽空就往三兄弟家跑，白天没时间就晚上，正好趁着冬闲时节，把三兄弟的思想问题先解决掉。一次不行两次，两次不行三次，这个做组织工作出身的干部做起思想工作来还是得心应手的。慢慢地，三兄弟和他熟悉起来，来有问候，去有送语，愿意说话的老三赵京善有时还和金成杰说几句心里话，谈谈哥儿仨这些年的经历。金成杰感到时机成熟了，便提议三兄弟先从改变目前的居住环境做起，把屋里的卫生打扫收拾一下。谁知一向木讷的老大老二直摇头，说："收拾啥？来年夏天再来一场雨，还不就塌了？白费力气。"

"那要是给你们换个砖瓦房呢？"

三兄弟面面相觑，久不与人交流的他们一时没有明白金成杰的意思。

"我的意思是如果给你们解决个好房子，你们是否会收拾得像其他村民家那样干干净净的？还是像现在这样，我来都没个下脚的地方？"

这回，三兄弟终于听懂了。但是他们还是将信将疑，以为金成杰在糊弄他们。最终，金成杰和三兄弟达成协议，有了新房子后，三兄弟一定会把居住环境打理得干净整洁。

经过工作队和村党支部研究协调，将村里的老文化活动室和三兄弟的泥草房进行置换。村里在三兄弟的泥草房处新建更高标准的活动场所，还给三兄弟的新房进行了简单装修。工作队又赠送给三兄弟一台冰箱。

一个春风拂面的上午，三兄弟搬进了新居。望着宽敞明亮的房子，三兄弟的眼中有了神采，脸上洋溢着开心的笑容。这之后，他们果然兑现了诺言，把家里收拾得干净整洁。金成杰趁热打铁说："你们的住房条件改善了，这只是刚刚迈向新生活的第一步，未来还要把日子过好过红火，要和全村人一起奔小康，决不能拖和南村全面小康的后腿。"

这回三兄弟相信了金成杰，在他的安排下，三兄弟以土地入股了天日农作物家庭农场，除了享受到土地租金和年末分红，同时还在农场务工。一年下来，让金成杰也没想到的是，三兄弟年人均纯收入竟从1599元猛增到7526元，一年时间就实现了脱贫。

第二年，和南村"一品绿"农作物种植专业合作社成立了。这回没等金成杰找他们，三兄弟主动找金成杰要求加入，老三赵京善还提出了一个让人震惊的想法，他想去韩国打工，想挣钱，更想外出见见世面，将来还想娶个媳妇，成个家。

现在，在金成杰的协调下，老大赵京哲、老二赵京镐都已加入了专业合作社。赵京镐由于身体原因干不了重活，加入合作社的村民开始有很大意见，金成杰和玄在权便一家一户做工作、讲道理，终于得到了全体村民的理解，大家不再嫌弃他出力有限。老三赵京善也如愿去了韩国务工。

在养牛基地，我见到了老大赵京哲。他说，自己和两个弟弟自幼辍学，一没资金，二没技术，过去那种混吃等死的日子他一直是绝望的，加上自己和二弟都得了慢性病，如果没有扶贫，或许自己早就活不下去了。

赵京哲说着拿出了一张纸给我看，上面详细记录了他们三兄弟这几年的收入情况：

2016年

老大赵京哲：和南村天日农场（季节工）年3000元。

老二赵京镐：和南村天日农场（季节工）年8000元。

老三赵京善：出国务工，月收入5000元。

2016年末分红每户1500元。

2017年

老大赵京哲：和龙市龙城镇五明村春发养殖场饲养员，每月2000元。

老二赵京镐：和龙市龙城镇一品绿农作物种植专业合作社，年收入8300元。

老三赵京善：出国务工，月收入5000元。

2017年末分红每户2000元。

在三兄弟中，我想最有希望先摆脱光棍的应该是老三赵京善，我很想得到他的联系方式，问问他娶媳妇成家的理想实现得怎么样了，却听金成杰书记说，老大赵京哲也在攒钱娶媳妇。

以赵京哲现在的情况，这样的收入，要攒钱娶媳妇，已经不再是遥不可及的梦想了。

四、驻村书记的魅力说

"下派驻村，我们就是工作在最基层的党的干部，要有底气，讲和气，聚人气，扬正气！"

金成杰陪同我在和南村的街巷中边走边说。下派驻村前，他是和龙市审计局党支部副书记。几年的驻村工作和生活，他已经完全把自己变成了村里人，说起村里地、路、桥等各类民生项目的改善，更是滔滔不绝，如数家珍。

"全村基础设施达到了100%的硬化率，水电设施齐全，公共服务设施配套齐全，道路硬化率100%，绿化覆盖率

100%，新铺设了自来水管道3300米，安装村道太阳能路灯60盏，配置垃圾箱28个，垃圾中转站1个，修建路边沟3400延长米，栅栏5000米，一期改造旱厕80个，公共厕所1个，修灌溉水渠2000米，建门球场地2个，文化广场2个，还争取水利厅的专项资金修建河坝3000米。本着让村民先从精神上富起来的理念，为努力提高村民的文化素养，文化活动中心、文化广场、农家书屋也建得一应俱全……"

无论我是否听得进去，金成杰还是一气呵成，听得出他语气中的喜悦与自豪。从许多村民嘴里我得知，几年前，和南村还是一个让人不忍目睹的脏乱差的穷村。仅仅几年工夫，在工作队"以绿治村、以绿净村、以绿美村"的倡导下，集中整治环境卫生，提升村民的环保意识，使人人爱护环境、守护美丽家园的责任意识深入人心，村容村貌得到了极大的改善，已获得了延边州"十佳魅力乡村"称号，为和南村下一步发展打下了良好的基础。而这里每一个建设项目的实施，每一个细节的变化完成，又融入了金成杰和他的驻村工作队以及村干部们多少的心血和汗水啊！

所以，我理解金成杰的喜悦和自豪，那是一个驻村书记对自己没有虚度时光发自内心的满足。无论昨日付出了怎样的辛劳，此刻，面对着整洁的街道、成荫的绿树、怒放的鲜花和随着街道七拐八拐的清澈渠水——如此美丽的一个村庄，一切的付出都是值得的。

这天上午，天下着蒙蒙细雨，金成杰陪着我们看了文化广场、农家书屋、村卫生室，又带我们看了养牛基地，最后来到了"一品绿"专业种植合作社的一块大豆田边，一望无际的大豆苗长势喜人。

"我们一定要种出优质的东北大豆，不能总让进口的大豆垄断着油料市场！"金成杰谈完振兴东北大豆的想法，话锋一转，又回到了他建设魅力乡村的思路上。

"最关键的是举好一面旗帜，强基固本，把村党支部建设成坚强的战斗堡垒，这是一切工作的根本。未来我们村的任务还很重，虽然全村整体脱贫了，但成果能否巩固得住，村集体经济还应该怎样继续发展壮大，实现全面小康，实现乡村振兴，没有一个坚强的党支部领导是不行的。"金成杰说完，望着我眨眨眼，似乎在征求我的意见。其实，他已经用行动给出了答案。

根深则叶茂，本固则枝荣。要说驻村工作队的成绩，当首推他们帮助村党支部进行的全方位的党建工作，使支部学习教育常态化、制度化。开展"党日+"活动，从改善群众生产生活条件、促进村经济发展入手，以党建促村建，以党建促脱贫，开展"党内帮扶""党员贫困户共建"，充分发挥党员的先锋模范作用。特别是在村两委换届工作中，在工作队的帮助下，像玄在权这样清正廉洁、公道正派、群众公认、致富有方的一批优秀党员进入了村领导班子的核心。

　　"所以，第一个魅力应该是建设最有魅力的基层党支部。这就要求每一名党员干部自身要有人格魅力，然后才能打造魅力的产业，建设魅力的乡村，最后实现乡村振兴的良性循环。"

　　听着金成杰的魅力说，我深以为然。中国共产党从建党之初的50多名党员，发展成今天有着8000多万党员的世界第一大政党，如果没有魅力何以实现？

　　在和南村，我还听到这样一个故事。有一个贫困户，日子过得艰难，却每星期准时去附近的教堂礼拜，村民笑他，他说："主虽然不能让我过上好生活，但主能给我心理安慰。"后来驻村工作队来了，村里帮他脱了贫，过上了好日子。他现在有事没事就往村部跑，比当年往教堂跑得都勤。

　　和南村现有党员69名，入党积极分子4名。经过参观走访和调查了解，我知道他们的魅力产业已粗具雏形，魅力乡村也已成规模。

　　回到村里时，一个正在园子里忙活的村民热情地和金成杰打招呼，金成杰说看他人手不够，想去帮个忙。说着他露出一脸的歉意。

　　我没有回村部，而是一个人在村里走走看看，逮着会说普通话的村民就站下聊聊天。

　　村民说："金书记（金成杰）、玄书记（玄在权）他们干部和俺们近，没有距离。"

⊙ 和南村"一品绿"专业合作社大豆田

村民说："村部就是咱的主心骨，有啥难事就去村部。"

村民说："有这样的村干部，我们生活有奔头！"

我了解到，无论春耕秋收难题，还是生活琐事困扰，金成杰总是出现在群众需要的地方，为村民解决问题，带来温暖。看到村民建蔬菜棚，他会跑过去伸手帮忙；看到村民身背肥料，他会立刻接过来扛在自己肩上；看到村民补助未到不能及时买药发愁，他会拿出自己的医保卡；看到村民坐车忘记带钱，他会付款为村民解围；看到老人因思念远走他乡的孩子而落泪，他会经常到老人身旁安慰倾听……金成杰完全把自己当成了和南村人，当成了村民的一分子，当成了老人们的儿女、年轻人的兄弟。

这大概就是他说的党支部魅力的具体体现，外化为支部成员、党员干部们的人格魅力吧。这种魅力拉近了与村民的距离，温暖了曾经苍凉的乡野，凝聚起了强大的民心，激发出村民们摆脱贫困、奔向全面小康和乡村振兴的强大内生动力。

不得不说，和南村，这个我称之为北方塘约的村庄给了我新的感悟和启示，这种感悟和启示是实实在在的，更是令人心潮澎湃、热血沸腾的。

告别和南村，我问金成杰和玄在权他们下一步的打算。金成杰说："脱贫摘帽，这只是我们和南村发展的第一步，接下来的任务会更加艰巨。如何巩固住脱贫成果，如何进一步整合土地资源，做强做大专业合作社，壮大集体经济，使专业合作社发展为规模化、多元化的特色产业。建立电商销售平台，线上线下销售成品'一品绿'无公害五谷杂粮和特色农产品，提高产品附加值，促进农户增收，在全体村民奔小康的路上，在实现乡村振兴的过程中，我们有太多的工作要去做。"

我望着一张张朴实的面庞，一个个忙碌的身影，知道他们时间宝贵，要做的事情太多，恨不得一天当两天过，一个人顶两个人用。下一步，他们更大的规划是依托和龙市的发展规划和新的旅游线路开发，和南村要打造休闲观光生态农业产业集群。

和南村，未来可期！

临上车，金成杰又说出他的一个设想："将来，集体经济进一步做大了，能不能成立个村办食堂，来不及做饭的村民、居家养老行动不便的村民都可来村食堂用餐，只交很少的钱，或者干脆不收钱，让我们的村民过上更有品质的生活！"

我和他相约，等食堂建成了，我一定来吃一餐。

五、心愿

这天，我早早结束了一天的走访，刚回到和龙宾馆便接到了金成杰的电话。

他在电话里说，有一位70多岁的阿妈妮想要和我说说她的心愿。所以让我今晚无论如何要安排时间见上一面。

傍晚快6点时，金成杰带着阿妈妮风尘仆仆地赶了过来。见了面，老人家先递给我一个整本写满朝鲜文的笔记本，我虽不懂朝语，但也看得出那些文字一笔一画写得极其工整，足见写字人的认真态度。原来这是老人的学习笔记，全是学习十九大报告的心得体会。

老人家今年74岁了，精神很好，说起话来声音洪亮，只是她说的全是朝语，我一句也没听懂。一旁的市文联崔静花副主席只好又临时充当起翻译。

老人叫金彩顺，原来也是村里的贫困户，孤身一人住在村里，日子过得很艰难。扶贫攻坚开始后，驻村工作队来了，几年时间和南村发生了巨大变化，村民们的生活一天天好起来，业余文化生活也丰富多彩起来，先后建起了门球场、文化广场、图书阅览室和文化活动室。村民们闲暇时打打门球、跳跳广场舞、健身操，还可以读书、看报、看电影。渐渐地，人们的精神面貌也发生了巨大变化，原来死气沉沉的村庄变得喜气洋洋，充满了活力。

这一切改变的背后，驻村工作队和村党支部的干部们都付出了巨大的努力，一桩桩一件件，老人家都看在眼里，记在心中。慢慢地，一个想法顽强地在金彩顺老人的心里生长出来，自己的生活好过了，已经衣食无忧了，又担任了村里老年协会的小组长，自己能不能也像金成杰、玄在权他们那样整日风风火火地为广大村民办些好事、实事？这样，好日子才不算白过，才更有意义，人生也更充实，不算白活。对，入党，加入中国共产党，成为金成杰、玄在权那样为村民着想、为村民服务的人！

2018年春天，这位74岁的朝鲜族老大娘终于一笔一画工工整整地用朝鲜文写下了人生的第一份入党申请书，郑重地提出申请，加入中国共产党。

不用我再赘述，金彩顺老人用她的实际行动，为金成杰的魅力说做了一个最完美的诠释。

7点多了，我要留金成杰和金彩顺老人一起吃晚餐，可他们说村里的人还在忙，要马上赶回去，便起身告辞，打车离去了。

　　望着他们的背景，我又想起和南村的一个年轻人——崔虎铉的心愿。

　　上苍似乎对崔虎铉不公，从小到大，他记忆中最深刻的只有两个字：贫穷。他生于1974年，在摇摇欲坠的泥草房中艰难地长大。随着国家改革开放步伐加快，村里年轻人大部分外出务工了，已经到了成家年龄的崔虎铉也想去韩国闯荡一番。那一年，就在他办手续时，父亲突然一病不起。为了给父亲治病，崔虎铉借遍了亲戚朋友，陪着父亲看遍了大小医院，仍然没有挽留住父亲的生命。

　　父亲去世了，崔虎铉顽强地担起了家庭的重担，精心照顾着母亲，认真侍弄着土地、庄稼。把一年的收成精打细算，分轻重缓急慢慢偿还着亲朋好友的钱。

　　好心的邻居曾劝崔虎铉外出务工，那样还钱能快一些，可他看到母亲的身体越来越差，默默地摇了摇头。父亲弥留之际，他答应父亲要好好照顾母亲，他绝不能把体弱多病的母亲一个人扔在村子里。

　　按照所欠外债数额和自己每年的收入，他制定了一个十几年的还款计划。十几年，人生能有几个十几年啊！崔虎铉下定决心，即使不成家不娶媳妇，也要先把外债还上，他必须守信用，绝不能伤了亲朋好友的一片好心。

　　可是，福无双至，祸不单行。

　　那年夏天的一个深夜，风雨交加，母亲突然病情加重，一时找不到送医的车辆，崔虎铉来不及多想，给母亲披上块塑料布，背起来一头冲入风雨中。

　　崔虎铉深一脚浅一脚地向前狂奔着，跑一会儿便呼喊几声阿妈妮。母亲开始还有回应，渐渐地，他耳边只剩下风雨声。崔虎铉心头一紧，流下泪来。在这个世界上，母亲是他唯一的亲人，更是他的精神支柱，他失去了父亲，绝不能再失去母亲了。风雨中崔虎铉呼喊着，不顾一切地向前奔跑。

　　5公里，40分钟，最终崔虎铉累得瘫倒在医院门前。

　　经过医生的连夜抢救，母亲的命保住了。可是昂贵的医疗费再次摆在了崔虎铉面前。他感到从未有过的辛酸和无奈，只好厚起脸皮再次借遍了亲戚朋友，借遍了邻居街坊，总算凑齐了医药费。

　　背着母亲往回走的路上，母亲问他是不是又借了很多钱。崔虎铉撒着谎，安慰着母亲。这一刻，他的确有些心灰意冷。可是想到母亲这次病后，生活已经不能自理，他更清楚接下来的责任。虽然背负着巨额外债，但不能怨天尤人，自怨自艾，母亲还需要常年用药，生活上还需要照顾，借亲戚朋友的钱更需要偿还，这就是自己今后的奋斗目标了。

　　之后的日子，崔虎铉照顾母亲生活的同时，仍然忙碌在土地上，春播秋收，细心打理着他的庄稼，年年企盼着有个好

收成，能够多还一些外债，也能够改善一下母亲的生活。他成
了和南村最孝顺、最吃苦耐劳的人。

大规模的扶贫攻坚开始了，驻村工作队来了。崔虎铉的
情况很快被金成杰掌握，这是一个典型的因病致贫的家庭，必
须采取有针对性的帮扶措施。好在崔虎铉有一股不服输的劲
头，又有吃苦耐劳的肯干精神。

党支部会上，大家一致同意为崔虎铉申请护林员的岗
位，根据他本人的意愿，吸收其为专业合作社成员，使他的收
入一下子翻了几番。崔虎铉那个十几年还款计划的实现，也因
此得以大大提前。

经过几年的努力，崔虎铉家的生活已经有了显著改善。

这天，崔虎铉找到了金成杰和玄在权，说有个想法要跟
书记谈谈。

金成杰关心地问外债还有多少。

崔虎铉掰着手指头算了又算，说："到2017年底就差不
多了，剩最后一笔5000元，2018年底就能彻底还清了。"

金成杰以为，还完欠款的崔虎铉一定要考虑找媳妇成家
的事了，这个坚强的汉子，为了一句承诺，为了遵守信用，竟
然真的做到了，四十多岁的人仍孑然一身。

谁知，崔虎铉讷讷了半天，才吞吞吐吐地说："金书记，
找媳妇成家，可遇不可求，我都这个年龄了，不着急了。今
天找你们，我、我要入党，我要成为像你们这样的人！我不

知道自己够不够条件，但需要什么条件你们说，我肯定能做到！"

入党，成为金成杰这样的人，在崔虎铉眼里比找媳妇更重要。如果不是当事人就在我面前，我只能当是一个道听途说的故事。可这并不是虚构的故事，它真实地发生在我们身边，发生在当今中国，发生在延边州和龙市龙城镇和南村。

现在，经过组织的认真培养考察，崔虎铉已经成为中国共产党的一名党员了，还担任了村民组长。今年，他最后的5000元欠款也将彻底还清了，只是他还没有成家。照顾母亲之余，他也和金成杰、玄在权一样，日夜在为组里的村民操心奔忙着。

六、和南村的启示

1927年9月29日至10月3日，毛泽东同志率领秋收起义的部队来到了江西永新县三湾村。面对革命的低潮，他创造性地提出将党的支部建在连上，在政治上和组织上保证了党对军队的绝对领导，从而奠定了政治建军的基础，也标志着新型人民军队的形成。

我查了手头的一些史料，却没有找到有关将党的支部建在村里的发端和首创。也许那是在中共早期的革命活动中自然形成的，但是将支部建在村里和将"支部建在连上"都有着同样深远的意义。自此，中国革命和建设就有了最基层的领导核心和战斗堡垒，取得一切工作的胜利就有了最坚固的保障。

　　关键之关键，得有金成杰、玄在权这样心中有理想、眼里有群众、公而忘私、为人民服务的好支部书记，好带头人。

　　那么，一切就诚如毛主席所说，什么人间奇迹也可以创造出来。

⊙ 和南村新党员入党宣誓

第三章

金达莱花开

一、年轻村庄的百年史

山山金达莱，

村村纪念碑，

红心振双翼，

延边正起飞。

这是1986年，时任文化部副部长的贺敬之同志视察延边时，有感于这片热土的红色基因，挥毫题下的诗句。

所以，我是带着崇敬的心情踏上这片金达莱盛开的土地的。

"这里几乎家家有烈士，人人是烈属。"听到这话，我有些怀疑，觉得这样说未免有些夸张，便随口问开车送我的市文联副主席崔静花。

崔主席不假思索地说："我家有哇。我大姥爷李昌根，

⊙ 国家颁发给李昌根烈士家属的纪念证

头道镇新民村烈士纪念碑上就有他的名字。可能朝鲜文翻译的缘故，他们还给刻错了一个汉字，是个同音字，我跟他们提过意见，也不知道现在改过来没有。"

于是我信了，"家家有烈士，人人是烈属"，此话不虚。据史料记载，全延边州仅一个抗日战争，有名有姓的烈士就达数千人。当时仅有13万人口的和龙县，从抗日战争至抗美援朝，共有近3000烈士血洒疆场。

在金达莱村部的后山脚下，新建的烈士纪念碑高大雄伟，庄严肃穆，地面铺嵌着大理石，四周是花岗岩围栏。据介绍，这座纪念碑是2013年重建的。这里原来有两座烈士纪念碑，一座纪念公道轸烈士，一座纪念金曾哲烈士。现在，除了纪念公道轸和金曾哲，同时纪念金达莱村革命战争年代留下姓名的41名烈士。

2010年夏天，一场百年未遇的大洪水袭来，海兰江的几条支流泛滥成灾，三面被水围困的明岩村、彰项村、丘山村损毁严重。因为这里曾是抗联的根据地，是一个有着光荣革命传统又英雄辈出的革命老区，所以三村合一重建后，金达莱村凤凰涅槃般应运而生。

这是一个年轻的村庄，而这个年轻村庄的历史却又可追溯到百年前。

1909年11月3日，日本侵略者在西城镇设立了警察分局，在丘山村设立了分驻所。一批爱国青年仁人志士便在这里办学校，办夜校，建立教育会、垦民会、

⊙ 金达莱村烈士纪念碑

反日同盟会等组织，进行爱国反帝和民族自尊自强教育，开始了反抗日本侵略者的伟大斗争。

村民李东鲜，曾化名李光、李东斌、李业、李昌等，1914年入普晋小学读书，开始接受抗日思想，1924年接触马列主义，1925年加入"二道沟青年会"，1927年加入早期共产主义组织。1930年1月，组织药水洞村、水成村、渔浪村等地农民起来反抗日本侵略者的殖民统治，袭击了头道沟日本警察署，3月被中共党组织任命为"全东满暴动委员会"总指挥并兼管组织工作。1930年5月，李东鲜组织平岗地区农民参加了

声势浩大的"红五月"斗争。"红五月"斗争是在中共延边特别支部的领导下，在全东满地区开展的一次群众性的反帝反封建斗争，其范围之广、声势之大、影响之深远都是空前的。"红五月"斗争结束后，李东鲜加入了中国共产党，先后担任中共长仁江镇、二道沟镇支部书记，平岗区苏维埃政府主席，县委军事委员等职务，组织领导创建赤卫队和游击队，广泛开展反日武装斗争。1930年11月，李东鲜在二道沟刘屯开会时被头道沟日本领事馆警察逮捕，后又经间岛日本总领事馆，于1931年春押往朝鲜的西大门监狱，1935年7月在狱中英勇就义，时年31岁。

金达莱村另一名村民公道轸，曾化名李福林、金东范，更是闻名十里八村的反日志士。少年时期的公道轸家境贫寒，父亲、叔叔和哥哥给地主扛活，母亲当女仆，一家人艰难度日。1920年，13岁的公道轸到和龙镇县城一家中药铺当学徒，受尽了虐待，吃尽了苦头。贫寒而卑微的岁月把公道轸塑造成一个刚毅勇敢的男子汉，他阅读进步书报，接受共产主义思想，逐渐走上了革命道路。

1928年春天的一个晚上，公道轸正和几名革命者在村里开会，突遭日本警察逮捕。在押送途中，公道轸悄悄解开绳子，过河时，一拳把一名警察打入河中淹死，大家趁机脱逃。公道轸白天躲进山里，夜晚潜回村向广大农民群众继续宣传抗日救国的道理。敌人的搜捕越来越紧了，一些日伪奸细也经常出现在村里，哥哥为公道轸筹集了路费，公道轸含泪辞别了父母家人，告别了明岩村（现金达莱村）的父老乡亲，一路向北，来到北满阿城一带继续开展农民运动。1930年，公道轸加入了中国共产党，同年11月他再次遭逮捕，先后被关押在吉林监狱和奉天监狱。敌人使尽花招，用尽酷刑，公道轸坚贞不屈，始终没有暴露身份。"九一八"事变爆发后，经党组织多方营救，公道轸获救，担任中共满洲省委巡视员，之后不久又按省委指示到珠河中心县委担任组织部长，组织珠河地区的反满抗日斗争。

1933年，公道轸进入孙朝阳的部队，准备与孙朝阳共同抗日。可惜不久，孙朝阳被日本人杀害，该部亲日派密谋杀害赵尚志、公道轸。于是二人脱离该部正式组建了珠河抗日游击队，赵尚志任队长，公道轸任党支部书记，至此公道轸成为赵尚志的亲密战友和得力助手，游击队得以迅速发展，游击队区域面积不断扩大。

1935年9月，东北人民革命军扩编为6个团，公道轸担任一团政委。

1936年8月，东北人民革命军三军改编为东北抗日联军第三军，公道轸任一师政委兼任哈东游击支队司令。他率领一师指战员，转战方正、林口、依兰等哈东地区，给日伪军以沉重打击，多次粉碎了日伪军的讨伐，极大地鼓舞了沦陷区群众的抗日信心。

　　1936年9月，公道轸在珠河（珠河和汤原）联席会议上当选为中共北满临时省委执行委员，并担任省委组织部长。

　　1937年1月，赵尚志率抗联三军西征。为牵制敌人，公道轸率领一师一团奇袭林口县城，端掉延寿警察大队，伏击夹信子，每次都给日军以沉重打击。夹信子伏击战曾一次击毙西山大尉部队日军20名，哈东司令声名赫赫，威震敌胆。

　　1937年早春，公道轸率少年连和警卫连170余人去省委开会，行至二道河子北山，突遭700多名日伪军包围。公道轸沉着应对，指挥部队抢占有利地形，阻击敌人的合围。

　　一天激战，打退了敌人的多次进攻。但少年连和警卫连也基本弹尽粮绝。傍晚，战场上残阳如血，尸横遍野，为了保存实力，公道轸下令突围。他站在最前沿阻击敌人，不幸中弹，被打断双脚。鄂伦春族战士李宝太冲过去背起公道轸继续向前冲，可刚跑出不远便中弹倒下；警卫员袁绍先又背起公道轸，拼尽全力冲出了敌人的包围圈。可是敌人机枪扫射猛烈，公道轸后脑中弹，壮烈牺牲，年仅30岁。

　　我简略梳理着李东鲜、公道轸两位革命先烈的英雄足迹，瞻仰着烈士纪念碑，默念着41名烈士的姓名。李东鲜、公道轸只是他们的代表，我没有办法去一一复述他们每一个人的生平事迹，他们的生平事迹都幻化作了眼前这座纪念碑。但愿我们每一个后来人，看到这座纪念碑，就能想起他们，想起那个血与火交织的年代，想起他们为了民族的解放、国家的独立、人民的幸福而做出的无私奉献和流血牺牲！

能吗？

纪念碑肃穆着沉默无言。

蓝天高远 ，白云悠悠，青山含翠，金达莱如血……

站在金达莱村这片曾被烈士鲜血浸染的土地上，我心潮澎湃，思绪再次回到了近百年前。

离金达莱村不远，就是抗联名将柴世荣将军的起义地和故居。这位从小随父闯关东的山东大汉，在"九一八"事变后，不忍目睹山河破碎，外族横行，毅然带领手下十几名警察举起抗日大旗。由于他胆大心细，爱民如子，身先士卒，深受战士们的拥戴，得到了根据地群众的大力支援，队伍迅速发展壮大。

1934年，经周保中介绍，柴世荣加入了中国共产党。

1935年，柴世荣任东北抗日联军第五军副军长。1936年6月，根据吉东特委的指示，抗联五军分为三个游区活动，柴世荣率部到达黑龙江林口县，开辟根据地，建立抗联密营。

日军守备队前来讨伐，二道沟一仗，柴世荣率部击毙日军150多人，生俘25人，缴获颇丰，光军用毛毯就1000多条。此后，日军不敢再轻易过江讨伐。此仗显示出柴世荣杰出的指挥才能，军长周保中赞其是有战略远见的军事指挥员。

1936年12月，周保中赴北满开展工作，将五军完全交给柴世荣指挥。

　　1937年1月27日夜，柴世荣指挥五军将士预先埋伏，与日军激战4个多小时，取得了毙敌332人、生俘28人的辉煌战绩。同年2月1日夜，柴世荣率部夜袭刁翎自卫团，击毙日军教官5名，日军宪兵16名，伪军营长1名，连长2名，排长3名，士兵5名，打伤10余人，生俘自卫团伪军440余人，缴获敌人全部武器装备和军需物资，全歼自卫团敌人，而五军仅伤6人。

　　在白山黑水间长达十余年艰苦卓绝的游击战争中，柴世荣将军率领着所部进行了大大小小数百次战斗，牵制和歼灭了大量日伪军，在吉东北满一带打出了赫赫威名。

⊙ 柴世荣将军

⊙ 国家颁发给柴世荣烈士家属的纪念证

　　1942年8月1日，东北抗联教导旅（苏联红军远东军区88旅）在苏联远东地区的密林中成立，柴世荣将军被任命为第四营营长，授大尉军衔。此时，他正率领一个8人小分队在图们、汪清、敦化、桦甸一带与敌周旋。同年11月，当他们完成任务返回苏联营地不久，柴世荣将军遭到苏军防谍机关错捕错杀，含冤九泉。

壮志未酬身先死，一腔热血警后人。柴世荣将军，海兰江畔的又一座巍巍丰碑！

离金达莱村8公里，还有一处不得不说的革命遗址——药水洞苏维埃政府遗址。这是中国东北第一个农村红色革命政权，也是延边早期共产党人领导的"红五月"斗争（又叫"五月暴动"）的革命成果。

⊙ 药水洞苏维埃政府遗址

据和龙史料《百年沧桑》记载，1930年4月，中共满洲省委颁布了《全满洲农民斗争纲领》，号召在中国共产党的领导下各族群众联合起来，开展反帝反封建斗争。4月24日成立了"五一斗争行动委员会"。1930年5月1日，龙井400多名手工业者和工商业者率先罢工罢市，"东满各县各族人民紧随其后，高举反帝反封建大旗，罢工罢市罢课，游行示威，集会演讲，成立反帝同盟会，声讨日本帝国主义的侵略罪行，揭露反动军阀政府丧权辱国的丑恶嘴脸，控诉地主恶霸盘剥农民的罪恶行径"。

在此情况下，申春同志受党组织委派，来到药水洞组织发动群众。药水洞群众基础好，1925年共产党人就在这里传播马列主义，成立了革命团体反帝同盟会、农民会、青年会、妇女会等组织。

在党的领导下，"药水洞一带数百名农民群情激愤，高呼'打倒土豪劣绅，驱逐日寇，进行土地革命'等口号示威游行"。

1930年5月26日，在申春同志指挥下，药水洞人民"举行了盛大的群众集会，宣布成立药水洞苏维埃政府，处决了罪大恶极的日本走狗朴弼钟，没收了地主、高利贷者的土地、财产，焚烧了地主和高利贷者的地契、账据、借约。组建了由80多名青壮年组成的农民赤卫队，分成11个队派驻各地发动群众，药水洞苏维埃政府根据中共延边特支关于举行'五卅'暴动的指示，成立了暴动指挥部，制定了行动计划：（一）动员药水洞群众和附近群众袭击头道沟；（二）开展武装斗争，袭击日伪统治机构，破坏桥梁，切断通讯网络；（三）开展游击战争。

"5月30日晚，药水洞苏维埃政府领导农民赤卫队潜入头道沟，会同海兰江两岸100多名农民暴动队员切断了敌人的电话线，袭击了头道沟日本领事分馆，烧毁了当时朝鲜人民会会址……在这场中共延边特支领导的纪念'五卅运动'五周年的暴动中，药水洞苏维埃政府率领的农民武装冲锋陷阵，始终战斗在最前线。

"1930年7月末，党在药水洞成立了平岗区游击队，对外称工农红军。同年9月，又在药水洞成立了平岗区苏维埃政府。

"这是我党在东北最早建立的区级红色政权之一。"

我没有想到，近百年前，在这片红色的土地上，先辈们以不怕流血牺牲的精神，书写下一页页如此可歌可泣的光辉篇章。

药水洞，在以她独有的方式召唤着我。

还有，距离金达莱村10公里，就是渔浪村抗日根据地和十三勇士殉国地。

为了获得更为翔实的第一手资料，市文联崔静花副主席陪同我来到了和龙市革命老区建设促进会。副会长侯振清和秘书长王德发为我们深情讲述了渔浪村抗日根据地和十三勇士的故事。

渔浪村远离市镇，地处长白山腹地。这里群山环抱，峰高林密，沟壑纵横，荫翳蔽日。日本侵略者占领朝鲜半岛后，一些不愿当亡国奴的朝鲜族先民跨过图们江，顺海兰江的一条重要支流蜂蜜河北上，在此定居下来，遂成渔浪村。

1932年5月，为粉碎日军对药水洞根据地的重点侵袭，中共和龙县委决定开辟新的根据地，将党、政、军领导机关全部转移，建立面积250平方公里、有十几个村屯3000余群众的渔浪村抗日根据地。

1932年12月，为了集中打击敌人，中共和龙县委决定将四个区委领导的抗日武装整编为和龙县抗日游击队，以渔浪村为中心开展斗争。同时，还在渔浪村成立了军需科，建立起了后方医院、被服厂、制酱厂、武器修造厂、炸弹制造厂。

1933年6月，中共和龙县委在渔浪村根据地建立起东满第一个县级人民政权——和龙县革命委员会，下设粮食部、肃反部、土地部等机构，还建立了共青团、儿童团、妇女会等群众组织。

⊙ 渔浪村抗日根据地遗址

渔浪村根据地的抗日形势如星火燎原，游击队的活动范围不断扩大，多次给日伪军以沉重打击，成为侵略者在东满的心头大患。日军多次围剿，甚至动用飞机大炮，根据地的军民同仇敌忾，英勇无畏，在大山深处与敌周旋游击，最终将敌军拖垮打退。

这其中就有被作为经典战例收录进《中国军事百科全书》的"十三勇士血战渔浪村"。

随着王德发的讲述，侯振清又递给我一叠材料，面对这些珍贵的史料，我未敢增删一字，原文复述如下：

1932年末，为保存革命实力，中共和龙县委、平岗区委、平岗游击队一并由药水洞迁到地利、人和的渔浪村，开辟了和龙县第一个抗日游击根据地。渔浪村成为和龙县党、政、军指挥中心和红色阵地。

中共和龙县委军事部领导下的和龙县抗日游击中队，在队长金世指挥下，在长约25公里、宽约10公里的蜂蜜沟、甲山、金城洞一带活动，夺取武器，武装自己，与救国军、山林队等各种名号自发举旗抗日的武装团体沟通联系，联合抗日。白手起家办起了被服厂、医院、武器修造厂、炸弹炸药制造厂等后勤机构。根据地的青壮年纷纷要求入伍，队伍不断发展壮大。几次出击，连战连捷。在根据地广大群众中享有崇高的威望。正因为如此，渔浪村也成为日伪反动统治集团的心腹大患，必欲除之。

1932年末至1933年初，日寇先后三次对渔浪村进行围剿、扫荡，渔浪村抗日根据地军民团结御敌，浴血奋战，付出了重大牺牲，保存了革命实力。

1933年2月12日，农历正月十八，地处长白山区的渔浪村依然白雪皑皑，寒风凛冽。日本侵略军纠集头道沟、二道沟、三道沟、龙井等地的日本守备队、伪警察和武装自卫团360多人，向渔浪村抗日根据地袭来。

拂晓时分，村中站岗的第一游击小队队员蔡东植听到了远哨告急的枪声，立即跑进队部报告敌情。

县委书记崔相东出门眺望，透过晨曦，隐隐约约地看见日伪军从三面向渔浪村包抄过来。崔书记与县游击中队队长金世、政委金嫂当机立断，决定率领13人，兵分三路阻击敌人、拖住敌人，掩护县、区委机关人员，游击中队和群众向大山深处转移。

中队长金世、政委金嫂带领游击队员安兴元、全斗镐迅速钻进西面山沟抢占制高点，阻击西面来犯之敌。军事部长方相范带领金俊德、柳泽圭等4名游击队员占据村南一栋6间大房子，以墙院为掩体，阻击正面之敌。县委书记崔相东率金国镇等5名队员一面阻击北面之敌，一面指挥干部、群众向后山转移。

日伪军在重炮掩护下，饿狼似的从村南面猛扑过来。共产党员李九熙、共青团员柳泽圭、游击队员俞吉万在军事部长方相范指挥下顽强反击。他们扒开火炕，用炕面石垒成掩体，趴在炕洞内打退了敌人一次又一次的进攻，为县、区委机关及群众转移赢得了时间。

残暴的日寇发射了几颗燃烧弹，6间大房立即燃起大火，火光冲天。敌人趁着火势猛扑过来，方相范和同志们与敌人拼命厮杀的悲壮场面闪现在烟火之中。

柳泽圭身中数弹，血流如注，但他顾不上包扎，仍与敌人搏斗。在房子即将落架之时，"冲啊！"一声呐喊回荡山谷。炊事员元熙淑（朝鲜族，女）掩护李九熙背着身负重伤的柳泽圭冲出火海，向南突围。敌人已围上来，虽敌众我寡，但三位英雄仍死死地拖住敌人。

年仅21岁的共产党员李九熙，曾男扮女装，闯入虎穴，击毙日寇一个班，缴获8支步枪，同志们都称他是独胆英雄。如今亲如兄弟的战友柳泽圭身负重伤，他怒火中烧，奋不顾身冲向敌群，以命效国。敌人撤退后，群众找到了李九熙的遗体，见他手里还紧紧地握着弯了的刺刀，身边雪地一片鲜红。

军事部长方相范率4名游击队员，在陷入敌人重重包围的危难之时急中生智，点燃了稻草垛，借着浓烟，冲杀出来。5位英雄各自为战，阻击敌人。方相范在枪上系了一块红布，同坚持在西沟里阻击敌人的中队长金世联系。

金世是个大嗓门儿，身材高大魁梧。他高喊："仇敌来了，让小鬼子看看我的枪法，尝尝我的子弹！"挥舞战刀的日军指挥官应声落马，敌军乱了阵脚。游击队勇气倍增，决心拼一死战。炮声、枪声、呐喊声在峡谷中回荡……敌人见来自西沟的火力很猛，便集中兵力向金世、金嫂等人据守的西沟扑来，用迫击炮连续轰炸。

时过中午，枪炮声渐渐稀落，由方相范率领的游击队员，在中队长金世等同志的掩护下，成功突围，登上千里峰，奔向蘑菇岭子，与前来接应的游击队第二小队会合。

渔浪村的枪炮声没了，远望烟雾缭绕的渔浪，死一般的沉寂。安全转移出去的干部、群众和游击队员们爬上山顶，翘首望着硝烟尚存、鲜血浸红的渔浪村。夕阳西下，夜幕降临，企盼的人群冲下山去，跑进村庄，见到的是被烧毁的民房和片片被染红的雪地。

在北山脚下的壕沟里，人们找到中队长金世的遗体。只见他腿部、胸部11处中弹，遗体四周的雪地全被鲜血染红。这位游击队中队长，在方相范等人遭遇危机的时刻，把敌人的火力吸引过来，把生的希望留给战友，把死亡的危险留给自己，这是何等高尚的情操，何等伟大的胸怀！他在火网中冲锋，在死亡前无畏，无愧为抗日英雄，无愧为民族勇士。

金世，原名金亨杰，曾在铜佛寺腰沟小学校，以教师身份为掩护，宣传革命思想。"九一八"事变后，他满怀救国救民之志，投笔从戎，担任了平岗区抗日游击队队长。他机智果敢，足智多谋。三天前，他带领14名队员，乔装日本守备队，大摇大摆、耀武扬威地进了地主张家大院，智取了枪支弹药。

在队长金世遗体不远处，发现了政委金嫂的遗体。只见她身旁有一支被砸毁的枪，怀里紧紧抱着一大块石头。这位素以机智勇敢、冲锋在前、温和面善备受游击队员拥戴的政委（尊称金嫂），为了民族解放大业血沃长白。令人遗憾的是，这位英雄没有留下真实姓名。

激战中，县委书记崔相东指挥干部、群众转移，他断后阻击，不幸腹部中弹，倒在血泊中。几个日本鬼子端着刺刀猛扑过来，想抓活的。当鬼子靠近时，崔书记拼尽全身气力，猛然而起，搬起一块石头朝鬼子头上狠狠砸去，"啊呀"一声，鬼子滚下山谷，一命呜呼。

崔相东，出生于俄国沿海洲，是一名朝鲜族早期共产主义者，参加过列宁领导的十月革命。20世纪20年代，他辞别父母和妻儿，只身来到东满朝鲜族群众中，传播马列主义，介绍俄国十月革命，带领群众开展反帝反封建斗争。1932年，他率领平岗农民开展了声势浩大的春荒斗争和秋收暴动。因他所到之处，言必称马列，群众戏称他为"列马克"。战友和乡亲们抬着他的遗体，怀着无比沉痛的心情，齐声高唱他谱写的《饥民斗争之歌》："起来！挣扎在饥饿线上的饥民们，在城市，在农村一齐动员起来，用铁锤，用铁镐砸碎万恶的旧制度……"向山坡上走去。

以县委书记崔相东、游击中队长金世为首的13位勇士，与20倍于我的日伪守备队、伪警察、伪武装自卫团组成的"联合讨伐队"进行了长达6个小时的激战，用鲜血和生命掩护了县、区机关干部和群众的安全转移，保存了中国共产党领导的抗日武装力量，粉碎了敌人妄图一举消灭红色阵地的阴谋。

勇士们舍生忘死同日寇血战到底的壮举，感天动地，震撼寰宇。他们用鲜血和生命书写了中华民族反法西斯战争史上的壮烈篇章，用鲜血和生命诠释了高尚的民族气节和爱国情怀。他们的精神永驻世间，他们的壮举在东北大地广为流传。民族之魂、十三勇士是：崔相东、金世、金嫂、柳泽圭、李九熙、俞万吉、安兴元、李吉元、金斗镐、金国振、刘亿万、车贞淑、×××。

十三勇士中有一位没有留下姓名，政委金嫂也只是战士们的尊称，不是她的真实姓名，以至于我们今天无法考证出他们更多的生平事迹，空留嗟叹。

著名东北抗联史研究专家、《中国军事大百科全书》主编孔令波这样评价这场战斗："渔浪村这场战斗，除时间因素外，还有临危不惧，敢于迎敌，以少抗众，以弱胜强，不畏牺牲，坚持战斗，且战术运用灵活。这在党领导的游击队初建时期是难得的，具有典型意义。"

⊙ 十三勇士殉国地

　　离金达莱村不远，还有继渔浪村根据地之后建立的东厂子抗日根据地和抗联第二军军部遗址。来到这里，你会时常觉得，这里的每棵大树都曾为二军将士们遮挡过敌人的子弹，每一条小溪都曾为二军的将士洗去过征尘，每一寸土地都曾留下过二军将士征战的足迹。而杨靖宇将军的亲密战友，二军创始人王德泰军长更是将自己的一腔碧血洒在了海兰江畔这片黑土地上。

　　悠悠白云，你可曾记得将士们征战沙场的身影？

　　林海怒涛，你可曾听到将士们愤怒的呐喊？

　　漫山遍野火红的金达莱啊，你是将士们的英魂凝聚，鲜血染成！

二、花开其时

漫步金达莱村街头，我曾不止一次地想，我们是不是应该感谢几年前海兰江畔那场大洪水，让金达莱村涅槃重生。

在和龙市早期的革命工作中，先后有6位和龙县委书记流血牺牲，全县更有烈士3000余人。所以今天我们有理由把这片浸透着革命烈士鲜血的黑土地建设得更加美丽富饶，让生活在这片土地上的人民过上更加富足幸福的生活，让革命先烈当年为之奋斗的理想早日变为现实，以告慰先烈的在天之灵。

正值七一，加之百日脱贫攻坚，和龙大地一片热火朝天

⊙ 抗联二军军部遗址

的沸腾场面，广大干部群众都在忙着工作生产，我的采访反倒有打扰之嫌。

接待我的是西城镇副镇长曹磊，她快人快语，风风火火，干练中透着精明。刚刚主持完所包村庄全体党员烈士纪念碑前重温入党誓词活动，她就急急忙忙赶了过来，接受完采访，一会儿还要去接待外省一个考察团。

"金达莱村之所以能建设成今天这样美丽宜居，是我们从下到上全体努力的结果。从村里到镇里再到市里，虽然不能说是举全市之力，但的确用足了所有的政策优势。"

在波光粼粼的人工湖畔，曹磊首先抛出了结论，见我有些懵懂，她又解释说："比如有一把豆子，是大面积往地上撒还是集中在一起往一个地方砸？"

这回我听明白了，金达莱村的建设用足了国家扶贫的政策，如水利的、土地的、农业的、城乡建设的、环境保护的等等。

曹磊告诉我，当年水毁重建时，和龙市委市政府就准确定位，建设旅游型休闲度假村，高标准规划，高起点建设，一步到位，要眼光放远、有耐心，要有长远打算，分阶段实施。

市里将国家水毁重建补贴、发改委的三农补贴、民委的补贴以及新农村建设补贴，会同市里的补贴和村民的投入集中在一起。广大干部群众争分夺秒、日夜奋战，几百户高标准的

⊙ 金达莱村的光伏发电

朝鲜族民居仅用三个月就全部建设完毕，在入冬前让所有水毁房屋的群众搬进了温暖的新家。还有，新村的所有污水是统一排到污水处理厂处理的，达标后再排放。不集中力量，一个村怎么能建污水处理厂？

金达莱村耕地少，林地多，发展乡村旅游，离不开山林。习近平总书记说，绿水青山就是金山银山，可是北方天寒，尤其是延边，寒冷季节长达半年之久，每年群众取暖要烧掉大量木材。如何保护好山林，又不影响群众的生活，这又是一道看似无解的难题。

2015年，国家试点光伏暖民工程，村民可在自家屋顶、庭院安装光伏发电，除村民自用外，余电国家还可收购。和龙市抓住机会，迅速将延边万业隆公司招商到金达莱村，一期工程就为133户村民安装了光伏电板和配套取暖设施。每户年发电量可达7000度，收入6900多元。公司与村民签订合同，10年内用电取暖全部免费，10年后所有收入均归村民。

曹磊掰着手指头算了一笔账，全西城镇居民，一年取暖要烧掉10年生树木10000棵，并且烧柴还有危险。如果该设施全部安装完毕，这该是多大一笔经济和环保账。

夜晚，我住宿在金达莱村支书金光日家的民宿。民宿白墙青瓦，飞檐翘角，屋面上一律安装着太阳能发电面板。白天工人们顺着屋脊和飞檐安装的霓虹灯尚未竣工，所以整个村庄目前只靠太阳能路灯照明，多少还有些昏暗。金光日说，再过半个月，等霓虹灯安装完就好了。我想象着，每当夜幕降临，

⊙ 金达莱村夜景

家家屋顶霓虹灯闪烁的金达莱村该是怎样一番人间胜景。

金光日原是市水利局的技术干部，是当年金达莱村还是贫困村时作为第一书记下派来的。后来，金达莱村成功脱贫摘帽，金光日也任届期满，可是村里的党员们硬是推选他当了村支书。民意难违，水利局只好忍痛割爱，把一个技术骨干留给了金达莱村。

金光日也没有辜负村民们的这份信任，他把爱人接到村里，把家搬到村里，正式成为了金达莱村的一员。

有淙淙哗哗的流水声传来，我顺声而去，从1号共享小院的前菜园绕到后面，菜园里五光十色，茄子、辣椒、黄瓜、西红柿等等，硕果累累。后菜园的围墙上有一扇小门，推开门，顿觉眼前一亮。一条水渠正哗哗地流淌，两边铺有木板栈道，栈道边植有花草树木或蔬菜，不时有一座座别致的小亭子横跨渠上。

我想，这大概就是金书记所说的水渠养鱼，让游客捕捞的地方吧。顿觉游兴盎然，便顺栈道一路向前，听渠水淙淙，松涛阵阵，看满天繁星和夜幕下的金达莱村，一直走到夜色深处。

第二天，在金达莱村的人工湖边，我采访了一个叫玄元极的年轻人。玄元极是土生土长的金达莱村人，在村里上完小学到镇上念中学，后到延边上职工大学，学的是酒店管理专业，毕业后到北京一家旅行社专门对接韩国旅行团。当时，国内的土特产品价廉质优，存在很大利润空间，深受韩国客人喜爱。几年下来，玄元极已小有积蓄，在城里买了房成了家。

2010年洪水之后，父亲玄道吉突然病逝了。临别，父亲给玄元极留下遗言，希望把养牛大户的事继续做下去，还给他留下了36头延边黄牛。

玄元极一时陷入矛盾之中。爱人朴香兰劝阻说："把牛都卖了吧，一个旅游旺季我们就能赚20多万元，再说你已经融入了城市生活，养牛？你还能吃得了那苦，受得了那罪吗？"

玄元极思前想后，还是毅然决然地回来了。回来当天，他就换上工作服，撸胳膊挽袖子地开始干活。他卖废铁，建牛棚，收拾仓库。看到水毁后政府帮助建起的美丽民居，他又突发奇想，劝妻子回村里搞乡村旅游，让离开村里的年轻人将来都回来，在村里搞旅游服务，卖旅游产品，这是玄元极多年来的梦想。后来，金达莱村的民居变民宿，玄元极还是第一个吃螃蟹的人。

那年冬天，有朋友说，想体验朝鲜族的地炕，玄元极看到了商机，自掏腰包改造了几户民居，又大力宣传，一个月内接待了6个大团。在事实面前，村民们拥护，政府顺势推广，金达莱村的民宿就这样做了起来，目前已经改造了110户。按我住的共享小院1号的标准，每天接待1000人应该没有问题。

人工湖的另一侧人声鼎沸，玄元极介绍，那是村里另几位返乡创业的青年君哲松、董光浩、董海珠建设的项目：汽车旅馆，金达莱露营基地，还有一个拓展训练基地和游乐场。加上玄元极这边的居家养老大院、金达莱民俗演艺大厅，几个年轻人已经投入了近千万元资金。

玄元极说："我们金达莱村建设得的确很美了，可以说是国内一流，可是游客来了光看不行，还得有玩的地方吧，还得有体验的项目吧。"

曹磊副镇长昨天给我介绍过金达莱村的未来规划，那规划更加宏伟壮丽。

我知道玄元极这几个年轻人明天要走的路还很长，金达莱村明天的路更长，也更辉煌。

金达莱村的绿化硬化很好。除了硬化的街路，还有绿树和鲜花。行走其间，仿佛置身于一个人工与自然相结合的花园式度假村。

元池蔬菜有限公司坐落于金达莱村的西南，几座起伏的小山正好成就了一片人工无法完成的神奇景观。

公司门前，一棵高大的玻璃钢白菜雕塑傲然挺立，无言地述说着朝鲜族传统泡菜——辣白菜的前世今生，也告诉所有参观者公司的主要生产经营产品。

是的，这里是可以参观的。公司建有近2000平方米的地窖，常年温度恒定在0—4摄氏度。到访者可以从辣白菜制作的第一道工序看起，直到装缸封坛送入地窖储存。

公司负责人李春明总经理告诉我，这里是全中国唯一一家如此之大、如此高标准的泡菜地窖。公司之所以不惜成本建设地窖主要考虑的是泡菜的品质，正宗的朝鲜族泡菜都是要经过地窖储存的。因为白菜生长的周期越长、长得越大才越甜，所以入味的过程是缓慢的。经过科学测定，0—4摄氏度的地窖对辣白菜吸收地气、缓慢发酵和缓慢入味是最好的。

⊙ 金达莱村大白菜雕塑

"要储存多久？"我问。

李总说："夏天15天，冬天25天为最好！"

元池蔬菜有限公司成立于2011年。

金达莱村重建后，和龙市委市政府考虑到，长远发展必须要有一个企业支撑。市扶贫办便于2011年采取引进人才、村企合作的模式，建立了旅游观光和泡菜生产于一体、兼有扶贫任务的公司，并于当年在金达莱村等四个村建立了第一批试验性地窖。2012年初，第一批以传统方式手工制作、地窖储存发酵的辣白菜一上市，就受到消费者的热烈欢迎，展现出广阔的市场前景。经过几年发展，目前公司已建成厂区面积5000

多平方米，加工车间1000多平方米，地窖2000平方米，拥有职工50多人，年生产朝鲜族辣白菜1000多吨，产值1000多万元。另外，还有40多个品种的泡菜系列，已有10个品系进入了亚泰、欧亚等大型商超。

值得一提的是，在此工作的职工大部分是以前的贫困户；同时，在公司的原料供应基地，按公司标准种植白菜的村民也增收明显，利润年末还要给贫困户分红，给村集体和扶贫部门提留。

元池蔬菜有限公司真的是一举多得的企业。

"你喝过'吗克利'吗？"李总突然说了句朝语。

我摇了摇头。李总进一步解释说，"吗克利"就是米酒，朝鲜族米酒。

"米酒喝过，用大黄米酿的，不过都是散装的，从延边运到我们那儿，味道未必纯正了……"

李总说，其实朝鲜族米酒用玉米酿的口感为最佳。

目前，他们投资1000多万元的设备正在安装调试，日产10吨，年内开工生产。届时，在全国各地或许都可以喝上金达莱村生产的"吗克利"了。

走出公司，告别李总，回望那棵高大的白菜时，我对于金达莱村突然有了许多新的感悟。

三、一朵花的节日

尖叶杜鹃，又名映山红，朝鲜族同胞称之为金达莱，自古以来就和报春花、龙胆花并称为我国三大名花。

她在冰封大地、漫天飞雪之时孕育出花苞，当第一缕春风吹来，山岭上的残雪尚未消融，便开始吐蕾，悄然绽放，是田野中开放的第一朵花，被看作是春天的使者，更是坚贞美丽、吉祥幸福的象征。

白居易称之为"花中西施"，杨万里写诗赞曰：

何须名苑看春风，
一路山花不负侬。
日日锦江呈锦样，
清溪倒照映山红。

革命战争年代，一曲《映山红》一吟三叹，唱出了多少老区人民对红军的似海深情。"天上的杜鹃是布谷鸟，地上的杜鹃是金达莱。"在延边，在金达莱的故乡，不畏艰险，追求美好幸福生活的金达莱精神已深深地融入了人们的生活，熔铸到每一个人的血液中。

每年春天，甑峰岭上最后一抹残雪还未消融，冰封的老

⊙ **盛开的金达莱**

里克湖就已经解冻，欢腾的海兰江水一路高歌，漫山遍野的金
达莱花便开始在金达莱村、在西城镇、在和龙市、在整个延边
大地次第盛开。

娇艳的春阳映着火红的花海，熙熙的春风送来阵阵花
香。各族人民穿上五彩盛装，共同迎接这个属于春天的节
日——长白山金达莱国际文化旅游节。

每年此时，除金达莱村主会场外，金达莱鲜花基地、金
达莱丝路国际运营中心、红太阳广场等分会场，活动也丰富多
彩，异彩纷呈。开幕式文艺演出、唱响金达莱文艺会演、金达
莱民俗美食节、民俗文化苑参观体验、民俗风情表演、金达莱
绘画展、醉忆金达莱文艺晚会等等，连续十几天的活动更像是
一个边疆各族儿女的狂欢节。

⊙ 金达莱国际文化旅游节

　　人们在经历了一个漫长的冬天后，尽情地欢歌起舞。伴着漫山遍野绚丽怒放的金达莱，长鼓咚咚，彩带翻飞，这是对幸福生活的歌唱，对美好明天的憧憬，更是对革命先烈的缅怀和告慰。在这片浸透了烈士鲜血的黑土地上，优秀的边疆各族儿女用自己的智慧和勤劳，正在让烈士们当年为之奋斗的理想一步步变成现实。

　　漫山怒放的金达莱可以作证！美丽的金达莱村可以作证！

第四章 / 江畔天使

一、一株幽兰

龙水算是离海兰江最近的村庄了，出头道镇前行不远，跨过海兰江公路大桥向东200多米，便是傍水而居的龙水村。这里交通便利，地处枢纽，自然成为附近几个村屯的中心。其实龙水的出名不是因为扶贫脱困，也不是因为地域优势，而是因为这个村有一家卫生院，医院里有个乡村医生兼院长金香兰。

听说我要来，金香兰院长开始是拒绝的。听陪同的文联小徐说，在这之前，金香兰已经拒绝了好几个记者了。原因无他，只是金香兰觉得自己很普通平凡，没有任何可值得书写宣传的。

我说："作家可不善于歌功颂德，反倒愿意挑毛病。还有，在当今中国最基层的卫生院，我想和医务工作者聊聊医改，说不准能探讨出一个'海兰江模式'。"

　　于是，在卫生院狭小的院长办公室，我坐到了金香兰面前。

　　"新医改后，我们乡村医疗经费，包括工资待遇都已经全额拨付，基层乡村的补贴都有，包括生活费补贴。城里还没有，听说今年才能全额拨款吧。所以全市乡镇卫生院现在的条件都有了不同程度的改善，医务人员的精神面貌、医疗水平都上了一个大台阶……"

　　一见面，金香兰就滔滔不绝地讲起来。我意识到，自己的一句玩笑话倒让金香兰院长认真起来了。

　　我在龙水村卫生院看到了满墙的锦旗，看到了走廊里的图片，看到了几个风风火火、正为农民患者们忙碌的白衣身影，也看到了金香兰对待每一位患者亲人一般的嘘寒问暖，笑容可掬。在这个海兰江畔的村级医院，我看到了最基层的医务工作者们，正用他们的实际行动，默默诠释着无私奉献、"为人民服务"的真谛。

　　1991年，还是个小姑娘的金香兰从卫校临床医学班毕业，被分配到了龙水村卫生院。她了解农村缺医少药的现状，决心将自己的根深深地扎入这片热土，为广大农民朋友的健康好好服务。可是决心易下，坚持很难。当时的卫生院还是一排平房，条件艰苦。金香兰吃、住、生活、工作都在这小小的一方天地里，初来乍到的新鲜感一过，艰苦的现实环境便让人却步了。特别是到了冬天，烧炕取暖、炉灶做饭全是烧木柴，这对一个刚出校门的小姑娘是个不小的考验。有时因为木柴潮湿或者天气不好，满屋子烟熏火燎，呛得人涕泪横流，夜深人静时火炕还冰凉。一同分配来的同事纷纷调走了，特别是到了1997年，财政实行差额拨款，医生们的工资要靠自筹解决一部分，效益差的时候，金香兰他们的工资都不能保证按月足额发放，刚来时的25名医务人员呼啦一下调走了一多半，最少时只剩下了6个人。

那是一段十分艰难的日子，龙水村卫生院几乎到了解散的边缘。

是什么支撑着金香兰坚持了下来？

"是老百姓的需要！"金香兰毫不犹豫地回答道。

由于这里离县城大医院较远，龙水村及附近村屯当时的几万名各族农村群众，有个大病小灾、头疼脑热都要到龙水村卫生院来。看到一双双朴实而渴求的眼神，看到一张张解除病痛后幸福的笑脸，看到一个个鲜活的生命因及时救助得以挽回，金香兰感到莫大的幸福和欣慰。

她说："人生还有什么比被别人需要更有意义呢！我深深地感谢这些农民朋友，他们的需要让我经常生活在幸福之中。"

好的乡村医生，必须是全科医生。

为了使自己尽快成为全科医生，金香兰几乎是以一种拼命的劲头进行着业务进修，提高着自己的医术。参加工作以

⊙ 金香兰为村民上门服务

来，她边实践边学习，先后就读于延边医学院临床专业，读完了专科又读本科。经过连续5年的学习，进一步提高了自己的医疗水平，掌握了临床各科疾病的发病原因、临床症状、治疗原则，解决了临床工作实践中的疑难问题。

长期和村民朋友打交道，金香兰发现中医解决起一些患者的病痛来往往更神奇有效，一部分村民也更相信中医；同时对一些疑难杂症，中西医结合治疗往往会收到事半功倍的效果。于是，金香兰找来中医书籍，开始了艰难的自学。为了找准穴位和掌握进针的深浅，体会患者的感觉，她就先在自己身体上练习针灸。

经过多年持之以恒的业务学习和医疗实践，金香兰的医术大为提高。这个只有中专学历的人，取得了医学学士学位，成为了一名优秀的全科医生，其中西医结合进行诊治的水平更是跃上了一个新台阶，受到了患者的称赞。她撰写的论文《蛇尾针妙用》《健脾开胃消食汤治疗消化不良85例》《石学敏醒脑开窍针法配合舒血宁奥扎格雷纳治疗脑梗死60例观察》等先后在多家学术刊物上发表。

精湛的医术和丰富的临床经验引起了一些公立和私立医院的关注，他们纷纷来人或通过关系想挖走金香兰，有一家私立医院甚至开出了非常优厚的聘用条件，但都被金香兰一口回绝了。

她说，虽然自己刚来时也曾恨过这个偏远贫困的地方，有一个阶段还十分强烈地想离开这个地方，可是27个年头，自己的青春岁月，自己最美好的人生年华都留在了这个地方。现在，自己早已深深地爱上了海兰江畔的这块热土、这方天地，爱上了这些纯朴善良的乡亲。"他们离不开我，我也同样离不开他们。"

27年，人生能有几个27年呢？在海兰江畔，在村级卫生院这个弹丸之地，金香兰踏踏实实地把自己最美好的青春年华奉献给这里。27个寒来暑往，面对着熟悉得不能再熟悉的小小庭院，每天单调而繁重地重复着同一项工作，无论怎样想，都不能不让我对这位乡村女医生肃然起敬。

2010年，经过上级考核任命，金香兰成为了龙水村卫生院的院长，她肩上的担子更重了。

面对着简陋的办公环境和医疗设备，医疗技术骨干的极度缺乏，金香兰迎难而上。她理清思路，明确方向，成立院委会，完善各项规章制度，要求全院上下坚持把追求社会效益、维护群众利益、构建和谐医患关系放在第一位。她会上会下反复强调："治病救人是我们医务工作者的天职，为广大人民服务是我们一切工作的出发点，我们公立医院就要有公立医院的样子，就要有公立医院的责任和担当。"

通过强化内部管理，大大提高了医院的形象，龙水村卫生院在周边群众中渐渐树立起了良好的口碑。金香兰又积极向上级机关汇报，跑项目、争取资金、改造院舍，拆掉平房，新建了门诊楼、车库，引进了全自动血细胞分析仪、尿液分析仪、半自动生化分析仪、心电图等辅助医疗设备，使这个村级医院的面貌焕然一新。卫生院终于可以给村民提供一个舒适完善的诊疗环境，村民一般的疾病都可以就近得到及时的诊治了。

为了进一步提高为村民服务的水平，金香兰提出开办夜间急诊业务。对此，同事们表现出担忧。夜间急诊，会牵扯大量的人员和精力，而龙水村卫生院人员缺编，医务人员严重不足，弄不好，还会影响白天的工作。万一搞不下去了再退回来，反倒引起群众的不满。

但是，龙水村离镇中心卫生院尚有一段距离，离市里大医院更远，附近万余名群众夜间突然发病怎么办？以前，就有送医不及时耽搁救治的悲剧发生。"群众的需要，就是我们的努力方向。"这是金香兰认准的道理。她力排众议，为了给大家做出榜样，她把家交给母亲照顾，搬到了卫生院宿舍，吃住在院里，将夜间急诊的业务艰难地开展起来。

2013年8月的一天深夜，一阵急促的电话铃惊醒了刚刚入睡的金香兰，电话里传来一个村民的呼喊："大夫，快来救救我媳妇吧，我是新民村的……"

金香兰急忙起来，背上急救箱，骑着自行车匆忙赶向几公里外的新民村。呼呼的夜风在耳边回响，手电筒微弱的光只能照亮车前一小块浓重的夜幕，路过一片苞米地时，唰啦啦的声响像鬼哭狼嚎。金香兰顾不上害怕，一路狂奔，大汗淋漓地赶到新民村患者家。通过检查和患者丈夫的描述，金香兰判断患者系癫痫急性发作。打针、服药、针灸，金香兰紧张地抢救了一个多小时，患者终于好转。但她并没有马上离开，而是一直等到天亮，患者彻底清醒过来，才放心回去。

望着患者及家属渴求的眼神，金香兰感叹着生命的脆弱，心中的责任感和使命感又增加了几分，坚持开展夜间急诊的决心更大，信心也更足了。

不久后的又一个深夜，患者申成焕被家人紧急抬进了急诊室。送来时已不省人事，金香兰通过查体判断出该患者因窒息导致呼吸骤停，随时都有生命危险。抢救，也有可能救不过来；而这深更半夜的若让他们去市里大医院，那患者很有可能在路上就不行了。

金香兰来不及多想，输液、吸氧、针灸，集自己毕生所学，把能用的方法全用上了，整整忙活了大半夜，第二天清

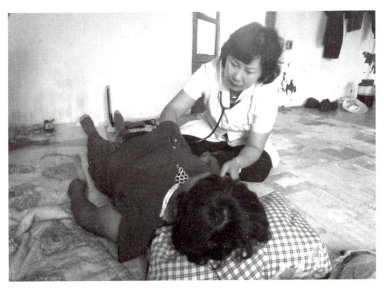

⊙ 金香兰到村民家里寻诊

晨，患者终于苏醒过来。经历了生死，患者家属们感激得热泪盈眶，围着金香兰不知说什么好。

　　金香兰又仔细询问了患者的病史和家庭情况，包括家庭居住环境。她凭着丰富的行医经验和准确的医术判断，确诊窒息是由哮喘引起的，而哮喘又是由过敏所致，否则不可能这样急性发作，这样危重，又这样得以迅速好转。

　　按常规，病人治疗一段时间出院后，应该建议他到大城市的大医院去做过敏源检测，可那样又会花费很多时间和金钱。所以好多患者会好了伤疤忘了疼，不再做进一步的检查治疗，直到再次病发。

　　这些年来，金香兰就生活在广大村民中，她太熟悉太了解他们了。

"如果再次发病 ，很可能就没这次幸运了。"金香兰有了紧迫感。

患者出院后，金香兰又跟踪观察治疗了一段时间，最终在患者家中找到了过敏源，竟然是几棵盆栽花草。终于为申成焕彻底解除了后顾之忧，金香兰这才放下心来。

也是从这一年开始，金香兰开始在卫生院设立病房，收治危重病人住院治疗。缺少主治医生，她就一个人顶上去。病人最多时，她每天要填写8个住院患者的病历。由于长时间坐诊，超负荷工作，2015年2月，金香兰感到身体严重不适，经延边医院检查，她因肺炎引发胸腔积液，需要住院治疗。可是她放心不下自己的患者，拖着病体回到了卫生院，坚持边治疗边工作。肺炎刚好，肩周炎又犯了，胳膊疼得连字都写不了，她就给自己针灸，始终坚守在医疗一线。后来上级考虑到金香兰繁重的工作任务，只好建议龙水村卫生院暂时取消住院病房。

设立了5年的住院病房最终还是被取消了。那5年间，金香兰昼夜忙碌在医院里，没有休息过一个假日。取消了，她的工作任务的确减轻了不少，最起码累了可以休假了。可是说起住院病房，金香兰依然伤心哽咽。

她说："从我内心来讲，龙水村还是要有住院病房的，因为村民有需要！"

目前，金香兰和她的同事们基本保证了龙水村及周边村屯几万名群众一般的疾病都能得到及时救治。村民就诊人数达到每天30—40人，高峰时要达到每天60多人。金香兰和她的同事们对龙水村3500多名群众实现了基本卫生医疗全覆盖，正在对周边8900多名群众提供基本医疗和公共卫生服务的同时，建立个人健康档案。这是一个十分庞大的工程，也是基本卫生医疗全覆盖的一个重要举措，意义深远。

"健康教育、基本卫生常识的普及，重大疾病的预防宣传，往往更重要！"金香兰说。

她和同事们还经常骑车走村串巷，宣传医疗卫生常识，针对海兰江畔高盐高油脂的饮食习惯，向村民宣传合理膳食对预防高血压和心脑血管疾病的重要性。

长期的基层医疗工作，让金香兰知道健康对一个家庭有多么重要。她提出为贫困家庭提供医疗服务，让医疗参与扶贫工作，共为389人建立了医疗扶贫档案，两个月一次随访出诊、健康检查，免费发放药品。

自2009年国家再次启动新医改以来，基层的卫生院已经实现了财政全额拨款，医生们不用操心自己的工资和医院的经济效益了，终于可以将全部精力都投入到治病救人的医疗工作中了。最起码海兰江畔的龙水村卫生院，已经成了守护这一方百姓健康的保护神。省市领导也曾陪同党和国家领导人前来视察，对龙水村卫生院、对金香兰的事迹给予高度评价。

海兰江水浩荡向前，不舍昼夜。金香兰就像一株兰花，默默地开放在海兰江畔，把阵阵幽香洒向人间。她在这里已经拼搏奋斗服务了27年，我丝毫不怀疑，她还会在这里继续拼搏奋斗下去，因为这里的人民群众需要她，因为她要在这里实现她的人生理想——让老百姓都能看得起病，看得好病。

告别龙水村卫生院，金香兰院长和她的同事们送我到楼下小小的庭院。我问："尽管你们医院很小，也有送红包的患者吧？"

金香兰一愣，笑着说："当然有。如果站在患者的角度考虑，他们无非是想让医生尽心治疗，或者也有真的就为了表达谢意的。其实我们医生哪个会不尽心呢？解释好再退回去，时间长了，村民们就理解了，习惯了，知道我们这里是不

⊙ 龙水村卫生院

收红包的。现在，我们卫生院的全体医护人员以在龙水工作为荣、为豪，我想，老百姓的良好口碑也是重要原因吧。"

蓝天白云，绿树环合，金香兰他们的白大褂格外耀眼。

"白衣天使"，这个久违的称呼终于不自觉地跳了出来。是的，海兰江畔的白衣天使，尽管已经遗忘太久太久了，但这个称呼还是溜了出来。今天，当我走笔纸上，记下当时的情景时，我仍然没有犹豫，因为我相信在海兰江畔，在龙水村，那里的广大村民们，会支持我的！

二、走在路上

早晨，狂暴了一个昼夜的雪终于停了，邱继梅推开房门，比量了一下，庭院里积雪盈尺。

丈夫关切地问："还去吗？"

邱继梅看了丈夫一眼，点点头，说："去！我什么时候没去过？"她急忙扒拉几口饭，穿上及膝的胶靴，一脚踏进冰冷的雪地里。

每年开春都要下几场大雪的。来自太平洋和日本海的暖湿气流和来自东西伯利亚的冷空气在甑峰岭老里克湖一带交汇，让这里的雪下得格外大，所以才孕育了奔流不息的海兰江。

可是，邱继梅却讨厌甚至诅咒这春天的雪，她认为雪

⊙ 风雪阻不断的教学路

就应该在冬天下，老天想怎么下就怎么下，可以尽情挥洒。
而这春天的雪却是和自己、和学生们过不去。她记得那年开
学前，老天阴沉着脸不开晴，大雪黏黏糊糊地下了三天，她
也上来了倔劲儿，扛起大板锹和老天较上了劲儿。这一段通
往学校的路只是与羊草村相连的一条羊肠小道，平时就很少
有人走，被大雪封住就更没有人走了。她的手冻裂了，脸吹
皱了，嘴角因着急也起了泡。可是她没有停下，雪大加上风
趸，有的地方积雪厚达一米。如此深的雪会阻断多少孩子的上
学路啊！连续奋战三天，邱继梅终于铲出了一条窄窄的弯弯的
羊肠小道。开学了，孩子们高高兴兴地顺着这条小道按时来到
了学校。

前面一条小河，冰面似乎有了解冻的迹象，有轻微的流水声从冰底传出。邱继梅用力跺跺脚，才小心地走上冰面。

她记得那年初冬，中间的河水尚未封冻，当她迈上河中心的石头时，脚下一滑，一屁股坐在了小河里。冰冷的河水浸透了她的衣裳，冷得她直打哆嗦。她费了好大劲儿才爬起来，蹚着水走上岸。本来连跑带颠走了一身汗，现在却洗了个冷水澡，浑身起了层鸡皮疙瘩。来到学校，她忍着湿冷坚持给学生上完两节课，才利用学生上体育课的时间把湿衣服烤了个半干。自那以后，她的身体便留下了病根。

前面就到羊草村村口了，从羊草村上后山，几上几下，翻过三座小山，再过三道小河，就是双丰小学了。

邱继梅班上的李佳慧同学领着刚上一年级的弟弟李满志站在村口。

"佳慧，咋还不走？"

"我在等老师！"

邱继梅看看表，为准时上课，她从来都是打提前量的。领着一年级的孩子，雪又这么深，无论如何不能翻陡峭的后山了。邱继梅决定领两个孩子走大路，可一出村口，大路上也没有行人的足迹。邱继梅不再迈步，只能蹚着雪走，给身后的孩子蹚出条道来，不一会儿便累得气喘吁吁，大汗淋漓。

邱继梅是高中毕业就直接当了代课老师，那还是20多年前。参加工作第一天便被安排到最偏远的东山小学，报到后，校长安排她到分校当一年级的班主任，这样便来到东山后队分校。这里当时只是一个教学点，有一个教四年级的王老师。当王老师把邱继梅领进一年级教室介绍说"这是你们新来的邱老师"时，十几个孩子热烈鼓掌。

一个扎羊角辫的小姑娘流着泪说："我们一个星期都没有老师了！"

邱继梅一下子喜欢上了这些孩子。

快入冬了，炉子安上了，家长们都在秋收，取暖的柴火还没着落。邱继梅不忍心看着孩子们挨冻，便去附近山上地里捡些树枝和秸秆来烧。炉子往外冒烟，时常熏得孩子们无法上课，她又拎桶上山挖回来黄土，和好泥巴抹在炉子的冒烟处。教室地面坑坑洼洼，她就领学生拉土垫平，桌椅坏了就找工具来修好。

那些年月，她把学校当成自己的家，把学生当成自己的孩子。

后来，东山分校撤销了，邱继梅又被派到小河村山后小学任教。在这里，她潜心钻研业务，勇于探索创新，抓住一切提高自身业务能力的机会，认真听课，认真备课，认真讲课，几乎放弃了一切个人娱乐休闲时光，一心扑在教育教学上。她的课受到学生们的欢迎，她也和孩子们建立了深厚的感情。

但是，命运似乎很愿意和邱继梅开玩笑。刚教了五年级一年，"代课教师一刀切"的政策便把邱继梅"切"回了家。想起自己的班级和班里那些可爱的孩子，邱继梅伤感得几次落泪。这之后，邱继梅又被招回学校，后来又再次被"切"回家……几次反复，她反倒渐渐适应了。只问耕耘，不问收获，只要让自己站在讲台上，就认认真真为学生负责，讲好每一节课，把做人的道理和知识传授给学生们。

⊙ 邱继梅行走在山路上

　　有时丈夫劝她："谁能经得起这三番五次的折腾？不行咱就不干了。回家来干点儿啥，或者你就待着看看书，我也不是养不了你。"

　　每次邱继梅都很坚决地摇摇头。她知道，自己这一生已经离不开三尺讲台，离不开她的学生了。一切都源自于骨子里的热爱，她热爱教书育人的这个职业，热爱她的学生们，只要一走上讲台，一看到这些可爱的孩子们，她就感到精神抖擞，激情澎湃，就感到幸福快乐，青春洋溢。

路上的雪越来越厚了，邱继梅吃力地在前面蹚着雪，雪太深的地方蹚不开，她便半蹲或跪下，把雪蹚开。她注意瞅了一下，两个孩子的棉鞋都是浅帮的，稍有不慎便会灌进雪。佳慧的弟弟李满志越走越慢，邱继梅见佳慧把围巾围在了弟弟头上，自己的小脸冻得通红，便把自己的围巾解下来给佳慧围上，弯腰背上李满志向前走去。

邱继梅最后一次被召唤回学校是几年前的秋天，山后小学也撤了教学点，她来到双丰小学，接手了一年级。这里离家十几里路，要翻四座大山，蹚三条河，从家赶到学校快时要一个半小时，慢时近两个小时，所以，每天早晨邱继梅的时间都是严格按分钟计算的。吃早饭时，尽量少盛，边吃边看表，五分钟一到，不管是否吃饱，放下饭碗，带上中午饭就走。这些年来她风雨无阻，没有请过一天假，更没有因天气恶劣迟到早退过，每天都会按时出现在讲台上。特别是冬天，每当下雪，第一个给走读的孩子们蹚开厚厚积雪的一定是他们的邱老师。

从羊草到双丰，如果翻山抄近道，有半个多小时就到了。像今天这种天气，山路更加崎岖难行，只能走大路。邱继梅背着李满志摇摇晃晃地向前走着。大雪没膝，她的靴子里已灌进去了一些雪，双脚冻得木木的没了知觉。突然脚下一滑，邱继梅摔了一跤，背上的小满志也被摔在了雪窝里。邱继梅急忙拉起他查看摔伤没有。

李满志懂事地说自己能走，邱继梅便又在前面蹚雪开路。雪浅的地方她就站着走，双脚在雪里蹚；雪深的地方她就手脚并用，跪着向前爬行，走过的雪迹像被四轮车碾轧过一样，她称之为"开车"。就这样一会儿蹚行一会儿"开车"，李满志累了她再背起他走。经过一个多小时的艰难跋涉，双丰小学那排校舍终于出现在他们眼前了。

"老师，我们到了！"李佳慧惊喜地喊出了声。

邱继梅的汗水早已渗透了衣服，她慢慢放下背上的李满志，孩子欢快地向学校跑去。

⊙ 邱继梅和她的学生们

苍茫的雪野中，学校显得美丽而充满朝气，操场上那面五星红旗呼啦啦迎风招展，在一片洁白的映衬下，异常鲜艳夺目。

三、一部轮椅

新民河是海兰江的一条支流，河畔居住着郎洪飞、柴玉英夫妇。两位古稀老人均有残疾，郎洪飞肢残，干不了重体力活；柴玉英有语言障碍，与人沟通起来很困难。他们的三个孩子，女儿和大儿子都远在外地成家，拮据度日；小儿子前些年外出打工，多年没了音信，只剩下老两口相伴相依。清苦的日子就像门外的河水悠长绵绵，不绝如缕。这几年，郎洪飞又患上了胰腺癌，昂贵的治疗费用更是让两位老人的生活举步维艰。

王福升是作为扶贫帮扶责任人走进郎洪飞家的。没来时他就通过村干部电话详细询问了郎洪飞家的情况。几天来，两位老人的生活一直牵动着这位年轻人的心，今天踏进郎洪飞的家，更是满眼酸涩。

郎洪飞病得很重，躺在炕上，盖着棉被，身体像一段枯朽的木头。闻听宣传部的工作人员到来，他才勉强支撑着从炕上坐起来。

王福升和同事们安抚他躺好，围坐在他身边，询问他生活上的困难。

郎洪飞说：“我们现在都有低保了，生活有保障，医药费报销的比例也高了，没什么困难。只是这房子得修一下了，可能屋顶有的瓦片破了，下雨天漏雨，我要是不在了，她更修不了了。”

王福升不由得紧紧握住郎洪飞的手，说：“老人家，您放心，政府不会让任何一个人掉队的，到任何时候，我们都会和您在一起！”

王福升回去一番动员准备，修房子这天，部里的年轻人几乎都来了，队伍显得有些浩荡。

郎洪飞和老伴看到一下子来了这么多帮助自己的人，高兴得合不拢嘴。他说，原来自己很孤单，特别是得了癌症后，总感觉无依无靠，这回好了，他觉得不再是一个人了。

房子修好了，郎洪飞主动拉起王福升的手，眼里溢满微笑。临别，王福升再次询问老人还有什么需要，请他尽管说出来。

郎洪飞迟疑了一下：“没……没有了，挺好了！”

从他犹豫的眼神中，王福升断定老人不好意思说。他拍拍郎洪飞的肩膀，说：“咱俩还客气啥，别拿我当外人啊！”

郎洪飞这才说：“真不好意思麻烦你们了，我看你们人多，又都是年轻人，再来时，能不能把我抬到院子里，让我看看外面什么样了？我都在炕上躺了一年多了。”

王福升一听，不无自责地说："这事儿怨我，我咋就没想到呢！"

第二天，王福升风尘仆仆地驱车三个多小时，去亲戚家里要来一部轮椅，和同事一起送了过来。他们把一脸期待的郎洪飞抱到轮椅上，慢慢推到屋外。

⊙ 王福升和同事给郎洪飞送轮椅

郎洪飞惊喜得像个孩子，他看到家门口那条小河还在哗啦啦地流淌，河水还是那么清澈，河面上还是闪动着光亮，那是暖融融的阳光啊。河对面，稻田一眼望不到边，像在眼前铺开一条大绿毯，一直铺展到遥远的天边。郎洪飞凝望着，脸上的皱纹舒展开来，开心地笑了。而后，有两行热泪从他的脸上滚落。

在这之后，新民村的街头，村民们经常看到王福升等一个个年轻人的身影，在早晨、在上午、在傍晚推着轮椅上的郎洪飞，看遍了大街小巷的风景。

后来，郎洪飞的病情加重，很少再坐轮椅了，渐渐地陷入昏迷。王福升每次来，他都在输氧，双眼紧闭，面容憔悴。

王福升坐到他身边，紧紧握着他的手。郎洪飞的大儿子俯在他耳边大声说："王福升来看你了，你还记得他吗？"

郎洪飞皱皱眉头，眼皮动了动，他想睁开眼，但终于也没能睁开，只是用尽全身力气紧握了一下王福升的手，嗫嚅着双唇，含混不清地说："记得……记得！"

郎洪飞的女儿哭了，说："我爹谁都不记得了，连我们都不记得了，却还记得您！"

郎洪飞是这一年6月初去世的，临终前突然清醒时又要求儿女把他抱上轮椅到院子外走了一圈。然后他走了，走得很安详。

葬礼后，王福升和同事入户慰问他的老伴柴玉英。老人很激动，眼含热泪，含混不清地说了一大堆话。她的女儿翻译说，母亲在表达感谢，父亲到走都念着王福升的好，他能坐着轮椅出去透透气，看一看，走一走，是他最后的心愿。

一个人临死时还念着另一个人的好，这应该是至真至纯的感情了。郎洪飞之所以对王福升他们念念不忘，是因为他真切地感受到了王福升他们的贴心关怀，感受到了那双用心握紧的手，感受到了从心底里自然流淌出的温暖，更感受到了王福升他们心灵深处的那份深情牵挂吧。

四、静花的亲人

这天，市文联副主席崔静花把我送到村里，带着歉意说："接下来几天的采访我不能陪同了，有什么问题你就打电话。我包保的那位老大爷的思想工作到了关键时候。"

她包保的那个朝鲜族阿爸吉叫崔基锡，是头道镇新民村四组的村民。

崔静花还记得第一次见崔基锡的情景。破旧的房门在里面闩着，她轻轻地敲了敲，里面毫无声息，一股与霉味混杂的臭味从门缝中挤出来。崔静花禁不住皱起了眉头。再敲，又敲，足足敲了四五分钟，门开了一条缝，一个蓬头垢面、目光呆滞、衣衫褴褛的老人挤出门缝，又急忙反手关上房门。那股强烈的令人作呕的怪味熏得崔静花一口气没上来，险些晕倒。

"阿爸吉，我是你的扶贫包保责任人，今天来看你。我也姓崔，咱俩是一家人。"

崔静花用朝语说着，老人麻木地站在门前，毫无反应。崔静花以为自己搞错了，又用汉语说了一遍，老人还是一动不动地待在那里。

真是个怪人！崔静花也呆在了门前，局促中不知该说什么。事后崔静花回忆，她有两个没想到，一个是崔基锡的邋遢，和电影里乞讨要饭的比有过之而无不及；再一个就是神态，没有一点儿精气神，那不是一个正常人该有的反应。

第一次走访毫无进展，崔静花再来时便先去找村干部。崔基锡还是蓬头垢面地拦在门前不让他们进屋，但这次开口说话了："你们回去吧，我不贫困，不用你们帮忙。"

于是崔静花只好先放下一切帮扶计划，先从了解崔基锡的经历入手。

崔基锡今年60岁了，他也曾有过幸福的家庭，妻子贤淑，女儿乖巧，生活尚好。后来，一双女儿渐渐长大了，先后离开家远走他乡，成家立业，只剩他和妻子相濡以沫。十年前，妻子突然身感不适，到医院检查后确诊为肝癌。为了挽救妻子的生命，崔基锡领着妻子奔波于各大医院之间，使尽了浑身解数，花光了家里的所有积蓄，可是在那个凄风苦雨的早春时节，妻子还是撒手人寰，离崔基锡而去。突然的人生变故，令崔基锡无论如何难以接受，从此他茕茕孑立，自我封闭，不与人交往，终日抱着个酒瓶子，靠酒精的麻醉打发日子，混吃等死。土地流转的那点儿收入很快就让他换酒喝光了，然后就靠救济生活。

这个老人是让失去妻子的痛苦击垮了！找到了问题的症

结，就好办了。崔静花和同事们商量，帮助崔基锡，要让他对生活重拾信心，看到生活的美好，才能从萎靡不振中走出来，重新振作起来。而这一切首先要解决的就是相互间的信任问题，要建立亲人一样的感情。

崔静花买来牛奶、鱼肉、糕点、大米、白面、豆油等等食物和营养品，定期抽时间来崔基锡家走访。崔基锡从开始时的拒绝，到接受，再到能站在门外和崔静花聊一会儿天了。

一次，崔静花问："这么长时间你咋不让我到屋里坐？"

崔基锡回头瞅一眼屋门，不好意思地说："你们这些年轻孩子，会怕脏的。"

"收拾啊！咱们一起收拾。你总说女儿不回来看你，你把家弄得没个下脚的地方，没地方站、没地方坐的，谁能愿意

⊙ 崔静花和同事帮崔基锡收拾卫生

回来？咱俩都姓崔，我就是你的亲人，就是你的女儿了，明天咱一起收拾一下好不好？"

崔基锡竟然破天荒地答应了。

第二天，崔静花找了两位同事，三个年轻人走进崔基锡的屋子时，尽管事先有心理准备，还是差一点儿没拔脚逃出来。

屋子里凌乱不堪，炕上炕下堆满垃圾，被窝就铺在垃圾里，桌上摆满了食物酒瓶，有些早已变质，在干燥闷热的空气中散发着令人难以忍受的气味。而垃圾的气味、食物变质的气味又混杂在一起，让人无法想象一个正常人怎么可能在这样的环境里生活。

几个人戴上手套和口罩，该拆的拆，该洗的洗，该扔的扔，归置整理，擦柜拖地。

看到三个年轻姑娘热火朝天地忙活，不嫌自己这里脏乱臭，崔基锡有些不知所措，也有些感动。他原以为这些年轻孩子也就走走形式，按照上级要求来村里走走看看，送上两桶油一袋面，完成任务就回去了。可这回不是，她们一来就扎到各家各户，每星期都在村子里住几天。瞅那劲头，不把村子和村子里的人变个样，她们是不会走了。崔基锡终于也加入到打扫卫生的行列中来，把炕上变质的谷物和垃圾搬到户外，点燃焚烧。

微风吹过，火苗渐渐燃起来，旺起来，慢慢把垃圾烧成灰烬。崔静花多么希望，随着这把火一起烧掉的还有崔基锡那沧桑的岁月和苦涩的记忆，更希望那闪闪的火苗能驱散崔基锡心中的阴霾，温暖他那颗冰冷了太久的心。

三个年轻人，忙了整整一天，才把崔基锡的家收拾得有了个大概模样。崔静花又去买来新炕革、新被褥、新枕头、新枕套、新被罩。看到崔基锡脚上的鞋太破旧了，崔静花又去买来了新鞋子。她真的就像女儿回娘家一样，大包小包、样样周全地往回买。

新炕革铺上了，新被褥换上了，屋里刺鼻难闻的怪味没有了，窗明几净，物品摆放齐整，炕上纤尘不染，家又像个家了。崔基锡看着这整洁的一切，有些不敢相信。他拍拍额头，眼神中有一丝惊喜，一丝感动，最后两行泪水流上了布满皱纹的脸。

崔静花更是像女儿一般叮嘱崔基锡说："你以后要好好生活啊，好好吃饭，保持好家里的卫生，我会经常来看你的。以后不要再喝酒了，对身体不好。无聊的时候到外面走一走看一看，你看稻田里的苗都长这么高了，你的生活也应该有起色啊……"

崔基锡像个孩子一样，一边听崔静花说，一边认具地点头。

从某种意义上说，物质的脱贫或许容易，能让一个人精神健康快乐地生活才是最困难的，有的时候这甚至涉及对一个坍塌的精神世界进行重构，或者对一个畸形的精神世界进行重塑，这或许已经超越了我们扶贫脱困的范畴。但是崔静花遇到的崔基锡绝不仅仅是个案，而是摆在许多基层扶贫工作人员面前的普遍存在的现象。令人欣喜的是，面对如此困境，广大基层一线的扶贫干部选择的是勇敢面对。

崔基锡的酒虽没有一下子戒掉，但喝得少了许多。怕崔静花发现，有时还偷偷把没喝完的酒瓶藏起来。屋子里的卫生倒是一直保持得很好。

"只要有所节制，就是好的开始，多年借酒麻醉成瘾，也不是一下子能戒了的。"崔静花说，"其实老人能把卫生保持下来就证明他还是想改变的，最让人担心的是他破罐子破摔，所谓的没有内生动力吧！"

按政策规定，崔基锡有土地流转的收入，还可以政策兜底，他的住房也在政府免费拆除搬迁重建的范围内。只要他肯改变，肯开始新的生活，肯脱贫奔小康，一切都是充满希望的。否则，你即使送给他一座皇宫，他也会住成垃圾场。

现在，崔基锡的室内卫生基本保持下来了，前一阶段的工作总算有了收获。崔静花多少放下心来，这样，等政府将新房建成，崔基锡搬入新家时，他就会有一个更舒适的居住环境了。下一步就是让他把酒戒掉。他的身体尚好，再在村里帮他安排个力所能及的工作，还要把他满头乱蓬蓬的花白头发打理一下。

为给崔基锡剃头理发，崔静花的工作已经做了一段时间了。

崔静花又去她下派的村里工作了，我独自在村里收集资料，走访当事人，拜谒革命老区的烈士遗属。

这天，崔静花给我发过来一张照片，照片上的中年人小平头，白衬衫，我仔细辨认了一会儿，终于认出这人就是崔基锡。他原来的照片崔静花给我看过，和那个蓬头垢面、精神萎靡的老人相比，现在的崔基锡简直判若两人。

我心生敬意，感慨万千，给崔静花回了一句话："丐帮成员喜获新生，你们在做天使的工作！"

第五章

东明和工农

一、为一个村庄更名

早晨，天刚蒙蒙亮，元永镇便怎么也睡不着了，他索性一骨碌爬起来，走出了家门。

夏天天亮得早，这里又处在北京时间的最东边，刚刚3点钟，整个村庄还在深度沉睡，只偶尔有一两声雄鸡高亢的啼鸣，呼应着东天的第一抹朝霞。

在村子里转了一圈，元永镇来到了公路边，路静悄悄的，向远方的田野延伸。向右走，就是去往市里的方向。

仁化，路牌上的两个字很扎眼。元永镇叹口气回到村部。仁化，仁化，党支部和村民委员会的牌子上的字更扎眼。他打开抽屉，拿出将仁化村更名为东明村的申请书看起来。

元永镇知道自己为什么睡不着了。他今天要早一点儿进城，争取一上班就赶到民政局，把这份申请书递交上去，再跟相关领导当面陈情一番。领导若不答应，就据理力争。总之他是下定了决心，不达目的，绝不罢休。

元永镇没想到东明村和仁化村合并时舍弃了东明村的名字，他不知道这是谁一拍脑门儿做的决定，或许没有人做决定，大家

⊙ 今日东明

只是约定俗成。两个村名，用哪个都行，可是用哪个总得问问我们村民吧，总得征求一下他这个村支书的意见吧。都没有，直到白纸黑字落在文件上，元永镇才觉得自己被动了。

当过兵的元永镇才不想让自己陷入被动。他虽然个子不高，身材也瘦削，但可是当过炮兵的，炮兵打得远必须先看得远。元永镇善于走一步看三步，当年复员回来，他这个当了十几年老班长的兵被政府安排的工作还不错。不过他没去上班，而是在商海里左右上下扑腾了十几年，一切都好像是为后来的某一天，他突然被广大村民推选为家乡的村党支部书记做

着准备——丰富的经营经验，良好的人脉关系，一定的经济基础……

目前，变被动为主动的事儿就是给村庄更名，把仁化更为东明。东明，一个多么响亮的名字。这里地处海兰江畔，瑞田盆地的东侧，东方光明之地，多美好的寓意。最为关键的是，东明村有着一百多年的建村史，有着传奇的英雄故事，怎么能说改没就改没了呢？

20世纪初的1909年，这块被命名为东明村的地方还叫獐岩洞。那时，在瑞田盆地边缘的后碴子、大碴子、明东、大龙洞、小龙洞一带，统称为明东地区。这个地区的明东私立学校被称作抗日教育的先锋，18年的时间培养出许多投身于抗日斗争和共产主义运动的革命烈士和革命先行者，还有共产主义者金光镇、爱国诗人尹东柱、爱国演员罗云奎等著名人物。与此同时，一些革命者和明东学校遥相呼应，也在这里建立起了一个私立学校，叫东明学校，东明村遂因校得名。这里也曾一度成为抗日志士和抗日武装重要的活动地点。史料记载，"獐岩洞血案"也发生在这里。

1919年，龙井爆发"三一三"反日运动时，全村群众徒步到龙井参加示威游行活动，并在村里成立了反日团体"间岛国民会"第四分会。日本侵略者把这里视为反日根据地。1920年10月30日，天刚亮，日本军警70多人包围了村子，放火杀人，制造了骇人听闻的"獐岩洞惨案"。据时任龙井济昌医院院长的加拿大人马丁在《见闻记》中记述："天一亮，全副武装的日兵就把村子围了个水泄不通，并火烧村里的谷子堆，命令所有村民到屋外集合。村民一出屋，不论老幼，凡男子就开枪射击。对中弹倒地的村民，不管死活统统用火烧掉，直到面目全非。不仅如此，日军还强迫女人和孩子目睹全村男子被杀害的情景。烧房屋的烟雾笼罩全村上空，从龙井都可以看得到。"

如此一个英雄的村名咋就改没了呢？难道那段血与火的历史不值得铭记吗？

元永镇突然感到了一份沉甸甸的历史责任重重地压在肩头，他不能再等了。他早饭也没吃，就拿上更名申请书，匆匆赶往市里……

2018年7月5日，我来到了东明村。一路上元永镇不断打来电话给我指路："村口，很高大很有档次的一块大石头，写着'东明'，你再往前走就看到了。"

元永镇的话语里满含着自豪。

果然，远远地，就见一块大理石昂然耸立在路边，及至近前，"东明"两个大字遒劲有力。看得出来，这石头是新立的。

没想到，元永镇首先领我参观的就是这村碑石。原来东明村村容村貌规划齐整，东西南北各有一个进出村的路口，元永镇就一口气立了四块大石头。沿着彩色的沥青路面，我们在

⊙ 更名后的东明村

村子里绕了一圈，一块一块地看完，四块大石头形态各异，无言地向我述说着东明村的百年沧桑岁月。

后来我才知道，这四块村碑石的工程共花费十几万元，是元永镇自己捐建的，时间也刚好是民政部门批准仁化更名为东明的2017年9月13日。足见这事儿在元永镇心里的分量。

二、其村其人

东盛涌镇东明村地处延吉龙井图们交界处，海兰江南岸，三面环山，一面环水，幅员面积33.69平方公里。现有村民434户1779余人，人均耕地面积0.6公顷。长期以来，全村大部分村民仅靠种水稻、玉米等传统农作物为生，没有其他的经济来源，生活基础薄弱，生活水平较低。

来东明村之前，我看了相关材料，是这样介绍元永镇的：

元永镇，52岁，当选吉林省延边州龙井市东盛涌镇东明村党支部书记，全国农业劳动模范，吉林省劳动模范，吉林省优秀党务工作者，延边州民族团结进步模范个人，延边州优秀党务工作者标兵，延边州新农村建设先进个人，延边州十佳项目支书，省、州、市人大代表。自2011年担任村支部书记以来，他带领村两委班子成员、全体党员、群众，艰苦奋斗，勤劳致富，全身心投入到创新发展模式和转变生产经营方式上，推动农业产业发展和结构调整，大力开展乡村旅游，带动村民脱贫致富，加快建设社会主义新农村，使家乡发生了翻天覆地的巨大变化。经过多年努力，东明村成为"农业发展、生活富裕、乡风文明、村容整洁、管理民主"的具有朝鲜族特色的"中国美丽休闲乡村"。

应该说元永镇是个不可多得的能人。

为壮大村集体经济，元永镇积极探索符合东明村实际的"支部+合作社"的村集体经济发展模式，通过整合村集体资源，发展棚膜经济，探索农民增收新途径。他争取项目资金建设大棚41个，联合170户村民，以村民土地入股的方式，成立了"东盛涌东明果蔬合作社"，大力发展草莓、葡萄、蔬菜、果树等产业，年销售额达115万元，盈利33万元，成为全省集体经济建设的示范点。集体经济收入由最初的2万元增加到2017年的121万元。

为摆脱农业产业结构单一的弊端，带动群众致富，元永镇一直在思索该如何转变东明村的生产方式，更好地发挥农业资源多方面的增收潜力。办法是依托东明村地理优势，大力推进乡村旅游建设。于是，东明村成立了"龙井市海兰江民俗生态园有限公司"。元永镇通过多方筹措配套扶持资金共6000多万元，开辟建设了集朝鲜族风情景观区、民俗文化展示区、特色农业采摘区、餐饮、住宿、观光于一体的海兰江民俗生态园。该项目占地30多公顷，目前已投入1.5亿元，建成朝鲜族仿古瓦房、特色民俗围墙、天池奇石馆、水上乐园、养生房、生态饭店、民俗文化活动中心等特色项目。

2016年5月正式对外营业，海兰江民俗生态园很快就显示出了独特魅力，众多游客纷纷慕名而来，东明村特色村寨已然成为延边州旅游发展的新亮点。投资3400多万元的水上乐园项目以及露营等旅游配套设施正在建设中。2018年，还将投资8000多万元，兴建温泉宾馆、民俗馆、百年老街等项目，全部竣工营业后，不仅能增加村集体经济收入，还将成为延边州乡村最大的集"民俗旅游、生态观光、休闲度假、餐饮娱乐"于一体的旅游胜地。2016年底，龙井市海兰江民俗生态园有限公司被评为全国休闲农业与乡村旅游四星级企业。元永镇带领本村脱贫致富后，希望可以帮助更多的村民。在市里大力推广返乡创业的热潮下，元永镇将以海兰江民俗生态园为依托，申请返乡创业基地，为更多的返乡人员提供创业机会和场所。

元永镇更是一个有大情怀的人。

在大力发展经济的同时，元永镇也认识到了人居环境的重要性。近年来，东明村累计投入资金750多万元，新建了门球场、篮球场、羽毛球场、足球场、观礼台、文化广场等娱乐场所，为村民提供了良好的文化体育活动平台。建立老年人健康档案，丰富老年人生活，积极为老年人提供以生活照料、精神慰藉、健康保健、文化娱乐为主要内容的服务。

修建传统民俗观景围墙3000延长米，改造农村危房67户。他个人出资29万余元开工建设了东明村修路工程、清理山体滑坡工程、东明至延吉小营镇新光村沙石道路加宽工程、东明村立石碑工程，拉近了与区域中心城市的框架链接距离，使村民出行更加便利。

在扶贫工作中，元永镇始终身体力行，率先垂范，并着重开展环境整治工作，改善人居环境。在村内栽植了连翘、

⊙ 海兰江民俗生态园一角

杨树、丁香、果树等树苗15000多棵，新建206平方米的居家养老活动室和村卫生所，新建排水沟0.5公里，围墙1.5公里，修缮观礼台，使村容村貌焕然一新，为村民提供了良好的生活环境。

2011年以来，东明村依托地处延龙图腹地的地域优势，积极推进乡村旅游建设，着力打造朝鲜族特色村寨。2016年，村集体经济收入达到61万元，向贫困户提供扶贫资金29万元，为171户贫困户258人缴纳了新农合医疗保险和意外伤害保险。

走进东明村，高高的玉米烘干塔赫然醒目。这是元永镇于2014年被评为省劳模后，在省、市总工会给予"劳模创业资

⊙ 海兰江畔

金"100万元的基础上，又争取200多万元而购买的最先进的烘干设备。从此，东明村的农民可以就近烘干玉米，不仅能防止霉变，延长储存时间，节省玉米销售过程中的脱粒、运输等费用，还可以根据市场行情选择适宜价位进行销售，提高了广大村民的收入。现在，全村171户贫困户258人中，已脱贫167户249人，仅剩4户贫困户9人。

如今，元永镇已经59岁了。作为一名老党员，他始终以身作则，千方百计解决群众最关心、最直接、最现实的利益问题，尽心尽力为村民排忧解困谋福利。70多岁的黄春根老人，由于年老体弱，又没有经济来源，房屋破旧无法住人，元永镇从各个方面筹措资金为他修建了50平方米的房屋，又自己出资1.2万元，赞助黄春根用于填补盖房子的缺口；黄春根生病时，元永镇拿出1300元为老人体检、看病。村民沈永祥因用电不慎造成火灾，烧毁了屋顶，元永镇主动筹捐修缮款，帮助他家渡过难关。村民宋志英的儿子是一级残疾，生活困难，元永镇从2012年起，每年定期给宋志英送去大米、豆油和现金，及时给予救助。贫困户许宝今患有脑梗死等多种慢性病，外孙女金美子患有精神残疾、癫痫病，元永镇拿出5600元资助他们治病。元永镇还为年老多病、无经济来源的姜莫涛补交水利费345.5元，看着他家的水稻被洪水浸泡造成损失，又自掏腰包给他捐款2000元。村民姜莫非因经济困难拖欠两年的水利费，元永镇又代缴1134元为其解难。东明村的许多村民都得到过元永镇的帮助和关爱。村民们都说："我们村里多亏有一位勤政为民的好书记元永镇。"

"村民的事情无论是大事小事，我们都要把它当成大事来办，还必须办好。"元永镇经常这样对村干部说，也经常用这句话来勉励自己。2014年，他利用果蔬合作社的第一笔盈利，为全村人办理了医疗保险和养老保险，农民低保金得到了应保尽保，突出问题得到了解决，人均总收入节节提高，东明村成为劳有所得、病有所医、老有所养、住有所居的和谐新村。2016年，受狮子山台风的影响，龙井至东明村路段塌下来很多淤泥，造成车辆无法通行。元永镇自己出资2.4万元清理淤泥、补修路段。2016年村部改造以后，元永镇向村委会捐赠了一台价值3600元的电视，2017年又购买了党的十九大报告辅导本等书籍发给全村党员学习。在村民的眼中，"东明村"已经成为幸福的代名词，而元永镇就是他们的幸福使者。村民们亲切地称元永镇为"好支书"。

在他的努力下，东明村已逐步成为东盛涌镇打造产业特点突出、居住环境优美、民族特色浓郁的省级强镇的重要基地，成为龙井市旅游发展的新亮点，成为全国各地的旅游爱好者体验朝鲜族民俗的首选地。东明村先后被评为全国和省级文明村镇、中国美丽休闲乡村、中国少数民族特色村寨、吉林省乡村旅游经营单位3A级、省级示范卫生村、州级和谐幸福村、延边州休闲农业"十佳"示范单位、延边"十佳魅力乡村"、龙井市模范集体、市级特色村寨建设先进村、龙井灯塔支部等。

元永镇开车带着我，边走边看边介绍，滔滔不绝，如数家珍。村边，山谷叠翠，从北京招商引资来的一家企业正在打造延边金达莱运动休闲旅游度假区。村中海兰江民俗生态园正在紧张施工，9个村庄的扶贫项目全部集中在这里，水上乐园、温泉酒店、生态餐厅、民族民宿一条街、百年集市街已经初具规模，孝道馆、农耕博物馆、奇石馆、辣白菜馆、养生房正在进行内部装修。

"这里将于今年10月1日全部建成，到时欢迎你再来！"元永镇告诉我，东明村十几年前的宅基地是3000元，现在20万都买不到。离开的村民开始纷纷回归。

来到村北，我们走上彩虹般飞架两岸的东明村海兰江大桥。桥下，江水悠悠，日夜东流，回望东明村，几百米外，一座充满民族风情的旅游度假新村静卧在明媚的阳光下，如一颗熠熠生辉的璀璨明珠镶嵌在海兰江边。

元永镇自信满满地说："我们村的扶贫任务并不重，工作不能只盯在这一个点上，其实扶贫更深远的意义还在于锻炼了公务员队伍，让广大干部和人民群众心连心了。"

我相信这是元永镇这位最基层的党支部书记的切身体会，发自内心且很精辟。

2017年，东明村实现了村民人均纯收入11000元，今年实现12000元已不成问题。他们正大踏步走在全面小康的路上，并向着乡村振兴的战略目标迅疾挺进。

离开东明村前，应我的要求，元永镇又载着我去东明学校原址和"獐岩洞惨案"地凭吊。越野汽车在山路上七扭八拐，驶到水泥路尽头又拐上了土路。

溪流潺潺，绿树森森。想到元永镇拼了命地给村庄更名，我不禁对这名老退伍军人心生敬意。

脱下军装几十年了，元永镇还一直保持着军人的气节和血性，我相信他会永远保持下去。

一个人对于一座村庄的意义到底有多大？

元永镇和东明村给出了答案。

⊙ 海兰江民俗生态园

三、稻田养蟹及公司+

海兰江流到工农村时，江面立刻宽阔起来。两边江堤相距足有200余米，丰水期时，一江波涛，汹涌奔腾，何等的壮阔。现在，正是两岸稻田用水之时，江水只在江底闪着细碎的银光浅吟低唱。

杨俊德的蟹田就在海兰江边。白色的尼龙布围堰整齐地圈起了一方方青翠的禾苗，微风吹来，千亩绿毯，波浪起伏。我想起光东村，那里也在试种蟹田，只是规模要比这里小一些。

杨俊德告诉我，光东村所在的平岗绿洲是海兰江的上游，而这里是瑞田盆地，海兰江下游，无论水温还是气候都更适合稻田蟹的生长。

我们一边顺着池埂边走，杨俊德一边介绍他的蟹田，让我增长了不少知识。

原来，这里由于无霜期短，一季粳稻生长的120多天时间，保证不了稻田蟹当年长成上市，必须两年。第一年将米粒大小的蟹苗投放到稻田里，立秋时能长到大衣纽扣大小，业内称之为纽扣蟹，回收过冬，待来年春天再次投放到稻田中，再长一年，才能随着新稻米一起成熟上市。难怪这稻田蟹价格会这样贵。一只小小的蟹苗长大成蟹，要经历多少损耗？病死、冻死、饿死，还有被老鼠、蛇等天敌吃掉，能达到50%的成活率已属不易。

说话间在池埂一角的斜坡上，杨俊德发现了一堆小蟹壳和蟹爪。蟹是两栖的，到了晚上，它们会爬上池埂在尼龙围挡下聚集，这就给老鼠和蛇创造了机会。

"怎么灭鼠？投药吗？"我问。

杨俊德说，他们先用铁夹或捕鼠器，尽量不投药。如果到了非投不可时，也要确保除了老鼠吃掉的，剩余的药能在白天及时回收。因为这里出产的蟹和米都是有机的、高品质的，是禁止使用农药的。

"比起正常种植的水稻，你的蟹田稻的产量一定很低吧？收入怎么样？"

杨俊德说："前年不行，前年都让大水淹了，蟹跑光了，去年还行。"他掰着手指头算了一会儿，说："比起正常种稻，我这片蟹田稻，连蟹加稻谷一起，最低也能多收入10万元。"

我对杨俊德的稻田养蟹兴趣大增，隐隐感觉现在尚在探索还未大面积推广的稻养蟹、蟹养稻、稻蟹共生的生产模式会在将来成为这片土地的发展方向。

稻田养蟹在南方早有先例。在东北，也就是靠近关内的盘锦一带搞得比较成功，而在长白山腹地，已经是高寒山区的海兰江畔探索成功，不得不说这是延边人民创造的又一个奇迹。把种植业和养殖业结合起来，把两种不同生产场所合并在一起，充分利用稻田水域的生产力，将其转化为螃蟹的产量。虽然水稻的产量稍有降低，可稻米的质量却大大提高了，而且还较好地改善了稻田的土壤状况。蟹在稻田中生长，能有效地除掉水田中的杂草、吃掉害虫，其排泄物又可肥田，促进水稻生长。而水稻又为螃蟹的生长提供了丰富的天然饲料和良好的栖息环境。

杨俊德告诉我，在水稻开花期间，螃蟹就以飘落的稻花为食，不仅使肉质融进了甜香，也使螃蟹加速排泄和脱壳，为水稻增加有机肥料。两者互惠互利，形成了良性循环系统，这种

⊙ 杨俊德的稻田蟹

稻田蟹被叫作"稻花蟹"，优质稻米称为"蟹田米"。螃蟹能在稻田里成长，足以证明稻田不存在任何污染，生产的大米一定是有机大米。

一水两用，蟹稻共生，蟹鲜米香，一举两得。这两种产品相得益彰，相互借力，相互受益，实现了螃蟹大米双丰收，地力土壤双改善，经济效益、生态效益双提升。如果形

成规模，管理科学，完全可以做大做强，做出延边独有的品牌。

"蟹苗繁育，过冬成本会很高，你怎么解决？"

杨俊德朴实的脸上露出了笑容，他说："成本由公司承担一大部分。我忘了说，我们是和公司合作，最后由公司兜底。像前年那场大水，螃蟹几乎跑光了，但公司还是履行了合同，我们几乎没受什么损失。"

原来，他们实行的是"企业＋专业合作社＋农户"的模式，鼓励引导农户按自愿的原则以土地经营权入股，企业与合作社或农户签订种植养殖合同，农民不但得到土地流转金，而且还能在加工销售环节分得红利。代养的螃蟹、种植的水稻都能卖上好价钱。在生产销售过程中，他们还实行"五个统一"，即统一配送蟹苗、统一配送稻种、统一给予技术指导、统一回收水稻和螃蟹、统一加工销售，既保证了蟹和米的质量，又让农户无后顾之忧。公司回收水稻价格每市斤2元，比普通水稻每市斤高出了0.3至0.4元，螃蟹收购不低于当年的市场价，这极大地调动了广大农户参与项目的积极性，增加了农户的收入。每亩地按平均年产650公斤水稻、30公斤螃蟹计算，水稻可增收400元，螃蟹增收500元，两项合计每亩可增收900元。

这是一家什么样的公司呢？几经周折，我联系上了延边万禾农业发展有限责任公司的胡总经理。

胡总经理告诉我，虽然他们这家公司成立不久，2016年一些项目又遭受了洪涝灾害，农业项目投资长见效慢，但是公司一班人都是有大情怀的，他们一定会努力拼搏，为延边农业发展做出一个品牌企业，为农民的脱贫奔小康、为乡村振兴探索出一条新路，实现企业、农民、农业、农村的多赢。

到目前为止，企业已经在漫漫征途上迈开了坚实的脚步。投资4000万元，建成了东北地区最大的蟹苗过冬繁育示范基地；在珲春龙山湖水库1500公顷的养殖水面投放蟹苗13万斤；投资500万元成功引进盘锦河蟹养殖技术在延边普及和发展；与15家专业农场合作社及500多户合作种植户发展稻田养蟹基地面积600公顷，年收购优质绿色有机水稻3000吨；创建了万禾农业自己的农产品品牌"七朵白云"。

此外，公司还建立了珲春、图们、龙井、长春、上海5家分公司及产品直销店；与中商北斗供应链有限公司等7家大型企业建立了经营合作关系，产品远销上海、广东、山东、云南、海南等16个省区；与延边州政府湿地保护中心初步达成成立大米集团的合作协议，与3个县市政府达成推广稻田养蟹项目的合作意向。

公司绿色水稻种植面积已达1289.75公顷，稻田养蟹面积1000多公顷，投放扣蟹60万只4000多斤，大眼肉体（当年生蟹苗幼体）500万只800多斤。

投资1000万元资金收购了日晴有机大米有限公司，并新建了可容纳15000吨水稻的存储仓，健全了从稻种研发、生产、种植到水稻存储、加工、包装、品牌销售的全产业链。

短短几年时间，万禾公司已经发展为集科技研发，水产养殖，优质水稻种植，稻米加工、仓储、销售，农副产品加工于一体的综合性农业产业化重点企业。不能不为公司一班人忘我拼搏、只争朝夕的精神点赞。

曾几何时，延边各族人民守着这片得天独厚的自然资源、生态优势和人文环境——既有着黑土地的稻田资源，又有着传统的精耕细作的技术——创造出有鲜明特色的稻米文化。这里的空气、水质、土壤承接着天地的灵气，奉献出的大米，粒粒如珠，营养丰富。

但是近些年来，人们渐渐淡化了对生态的保护，淡化

⊙ 万禾公司的农业基地

了绿色资源的永续利用，在农业生产过程中长期使用化肥农药，使长白山下这片沃土的优越性受到质疑，延边大米往昔的生态优势受到冲击。"红太阳照边疆，青山绿水披霞光"，歌曲中描述的景象成为美好的追忆。广大人民群众要买到真正无污染、无公害、绿色有机的农产品成了一种奢求。

万禾的建立，让我们看到了希望。她以复兴延边大米的辉煌为己任，把延边大米的种植、加工、销售格局统一起来，做大做强，把全国最优质的稻田恢复原生态，为子孙后代留下一片纯净的好稻田，使海兰江畔能因这片稻田而让人记住延边。在此基础上，不断延伸拓展绿色产业链，在带动农民脱贫致富全面小康、企业做大做强的同时，实现乡村的振兴。

就在我走笔纸上，写下万禾这个充满希望的企业时，公司胡总打来电话，说2018年时间过半，他们的任务也已完成过半，大米收购、加工、包装基地已经建成，绿色农产品认证和中国地理标志产品延边大米的申请和认证即将完成。

到2020年，公司推广立体化种养殖而改良的土壤，杜绝农药化肥污染的稻田面积力争达到10000公顷以上，使延边大米成为可以和国内、国际知名品牌比肩的大米。并建成"五大基地"，即蟹田米种养殖深加工基地、延边黄牛圈养深加工基地、高标准粮食仓储基地、有机农作物循环研发基地和朝鲜族稻米产业园暨休闲农业观光基地；开发"五大产品"，即延边朝鲜族蟹田有机高端大米、精品分割式延边黄牛、高窖藏系列白酒、延边风味深加工蟹产品和有机农作物衍生保健品。通过兼并、收购、控股等方式，重视低效资产，盘活呆滞资产，开展跨区域、跨行业、跨所有制的资产重组，重视品牌作用，积极与国内一流团队、顶尖设计企业合作，使万禾产品在消费者中入脑入心，过目不忘。待所有产业链副产品进入商业领域后，以农业产业化发展现代农业、带动农民增收致富的作用就会大大显现，农民财产性收入增加，企业项目资金回笼，"企业+专业合作社+农户"的模式将走上良性循环之路，推行农业绿色生产方式，促进农业增效、农民增收、农村增绿的目的将彻底实现。

或许，现在说"万禾模式"代表农业的发展方向还为时过早，未来还有很长的路要走，还有很多的未知等着他们去探索、去实践。然而毕竟万禾人已经迈出了成功的第一步，从杨俊德那一眼望不到边的蟹田上，从杨俊德的收入上，我看到了希望，最起码作为未来农村发展模式的缩影之一，犹如沉沉暗夜中的一线黎明的曙光，已然照亮东方的天空。值得期待，值得欢呼，值得为之摇旗呐喊。

"雄关漫道真如铁，而今迈步从头越。"农业产业化的发展战略，在海兰江畔这片千里沃野上蓝图绘就，我们有充分的理由相信，在未来的某个日子里，延边绿色生态农业一定会开出灿烂的花朵，结出丰硕的果实。

第六章

第一书记

在脱贫攻坚工作中，各级党委向贫困村派出驻村工作队，工作队队长同时兼任该村党支部第一书记。

——题记

一、请你相信我

翻过甑峰岭，就是与和龙市一山之隔的安图县。但是因第一次遇险而心生畏惧——虽已是炎炎盛夏，老里克湖畔不可能大雪纷飞——我还是取道龙井、延吉，围着甑峰岭绕了大半圈才来到安图。

在县宣传部李铁峰科长的陪同下，我们的第一站是东安村。

东安村位于大山深处，一条乡村公路在山岭森林间起伏穿行，是东安村联系外界仅有的一条纽带，比我想象的还要偏远。

"是的，这里地理位置偏远，自然条件恶劣，文化落后，人均耕地少，村中产业单一，经济发展不平衡，家族分帮派，村民有矛盾。入村的头一个月我挨家走访，东安村的贫困落后比我想象的还要严重！"

驻东安村第一书记卢锡顺坐在简陋的办公室里，打着手势强调着自己刚来时的印象。他衣着朴素，面庞黝黑，若不是流利地介绍着村里的情况，我会把他当成刚刚赶着牛下地归来的村民。

东安村基本是个汉族村，全村123户人家303口人，贫困人口123人，占总人口数的40.6%，老人孩子占总人口数的70%，贫困人口中因病致贫居多。

面对如此困境，该怎样开展工作？突破口选在哪里？我不禁为卢锡顺担心起来。

当时，村里有人议论，城里人下来就是走走形式，待不上两天半，拍拍屁股就走人了！

这些话点醒了卢锡顺，拉近心与心的距离才是最关键的。如果村民不信任自己、不相信驻村工作队，那什么事都干不成。要把自己当成村里的一员，要把村民当成自己的亲戚朋友。卢锡顺一头扎进村民中间，走访聊天，张家长李家短，摆出了长驻不走的架势。

一天，卢锡顺看到村路上放学的两个孩子，穿着脚趾露

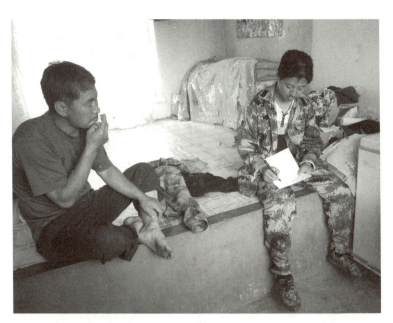

⊙ 卢锡顺走访包保村民

在外面的鞋，便跟着孩子来到村民王全明的家里。孩子们开始写作业，他又发现两个孩子的本子都是正反面用的。原来王全明身体残疾，没有能力负担一双儿女正常的学习生活费用。

再快的扶贫项目也解不了燃眉之急，当务之急是让两个在失学边缘的孩子顺利完成学业。卢锡顺当即掏出200元钱，说："老王，从这个月开始，我每月给孩子200元钱，一直到他们高中毕业。要是考上了大学，咱再想办法！"

"不行不行，卢书记，我哪能要你的钱！"王全明急忙推辞。

"行，我说行就行，这事儿就这么定了。你就先负责把那几亩地种好，其余的我来想办法，你要相信我！"

村里正在念小学的孩子中竟有三名学生没有户口。没户口，就意味着将来上不了中学大学、办不了身份证、出不了远门、住不了宿……总之一句话，现代社会一个没有户籍的人等于被剥夺了一切权利。

卢锡顺急忙去了解情况——老封家一个女孩子，老王家两个孩子，一男一女。

卢锡顺找到老封老王。

老封老王面露难色。

"听说这很难！"

"可能还要花很多钱，不办了。活着都勉强，有没有户口能咋的！"

卢锡顺哭笑不得。经过一番苦口婆心地劝说，老封老王还是摇头叹气。

卢锡顺急了，说："这事儿就这么定了，必须办！我帮你们办，有困难咱一起面对，请你们相信我！"

事办起来可不像说话这样简单，计生部门告诉卢锡顺，没有出生证明导致超期未落户的，需要DNA亲子鉴定。卢锡顺又找到公安局户政大队，求孙队长给联系鉴定中心，并得知一个孩子和一个亲人的鉴定费用需要5400元。

卢锡顺眨眨眼，说："咱村的贫困户，咋办？"

孙队长再打电话，费用从5400元降到4800元，但总计也需要14400元。

听了这个价，老封老王摇头叹气，说："卢书记，知道你是为我们好，但是你别忙活了。"

卢锡顺只好再次找到孙队长，说："就当咱亲戚了，他们确实拿不出来钱。"

孙队长只好厚着脸皮再打电话，将费用又从4800元降到2800元，交叉配型总费用8400元。

"成本了，不能再降了！从没有过的！"孙队长见卢锡顺还赖着不走，解释说。

卢锡顺说："是这样，五六个人去延吉，人吃马喂也不少钱呢，能不能送佛送到西？"

孙队长无奈，只好继续联系。

然后，卢锡顺又回到自己的单位，和医院党委书记云庆军说："咱村民生的大事儿，咋办？"

很快，鉴定中心进村给做了鉴定。结果一出，三个黑孩子的户口落了，在学校也可以享受贫困学生的待遇了，老封老王感激的话说了一大堆。

卢锡顺笑笑说："我说过，请你们相信我！"

村民老许种地时被农机砸断了腿，除了新农合报销的费用外，自己还要负担4800元。对于一个深陷贫困的家庭，这笔钱就是天文数字，雪上加霜。

"我想办法，请相信我！"卢锡顺给老许吃了定心丸。

"咱们村的，咋办，同志们？"卢锡顺号召院里的同事们捐款，帮助老许渡过了难关。

"我先替老许谢谢大家了！"

驻村以来，"请你相信我！"成了卢锡顺的口头禅。时间久了，卢锡顺开始有了威信，潜移默化地感化着村民。

卢锡顺走进一户村民的庭院："大婶，好香啊，做啥好吃的了？"

"杀了只小鸡，来得正好，卢书记在家吃吧。"

"生活不错啊。"

"两个月我才吃只鸡，还不错？再不吃点儿肉，我的眼珠子都涩得不转悠了。"

两个月才舍得吃只鸡改善一下，时间是够长的。可天天吃，她那十几只鸡也不禁杀呀。

"大婶，你知道这小笨鸡一只能卖多少钱吗？最低100元。你卖成钱再改善生活，可比这一只鸡作用大多了。"

"真的吗？谁买？你买？"

"万宝镇每月逢一逢六大集，你抓两只坐车去大集先试试？"

"俺也不会卖呀，没去市场卖过东西。"

"我给你写个牌子，'每只100元'。要不我跟你一起去卖？"

"不用不用，我信你，先去试试。"

第二天，大婶果然抓了两只鸡去集市上卖了200元钱。

那些日子，卢锡顺常常半夜醒来，再也无法入眠。他索性爬起来，在寂静的山村独行，苦苦思索着脱贫的思路。两个月吃一只鸡，这样的生活窘境必须改变。纯朴乡亲们的穷苦生活牵着他的心，他绞尽脑汁，左思右想。发展旅游经济？这里的青山绿水是很美，可青山绿水在这一带哪儿都有，又不靠近长白山核心景区，况且一条窄窄的乡村公路在大山深处七拐八绕，谁肯来？招商引资办企业？卢锡顺让自己这不切实际的幻想吓了一跳。那什么才是切合东安村实际的方法呢？

当东天边露出的第一抹晨曦唤醒了沉睡的山村时，卢锡顺又回到了一只鸡卖100元的思路上。

很快，驻村工作队和村两委达成共识，立足东安村实际，以调整产业结构、大力发展养殖业、实现经济可持续发展为主要任务，要振奋村民的精神状态，促进村民转变等、要、靠的思想。

在扩大经济作物种植和专业养殖方面，要因户施策，因人施策，实现产业发展多元化。很快，有种植经济作物专长的村民、养猪专长的村民、养鸡专长的村民、养蜂养黄牛专长的村民被统计出来。原来，不是他们不想养，而是愁销路。

卢锡顺拍着胸脯说："销路问题我来解决，你们只管养，请相信我！"

这一回，全体村民真的都信了卢锡顺，纷纷行动起来。

卢锡顺大话说出去了，更是不敢怠慢，几乎使出浑身解数。他成了东安村养殖户最大的推销员，他回医院宣传，到关系单位宣传，向同学朋友宣传，甚至亲属聚餐他也抓住机会宣传。

"吃咱村的鸡啊，吃咱村的猪吧，咱村的可都是溜达鸡溜达猪啊，一年才长大呢！咱村的牛也是溜达牛啊，山里放牧，养殖的肉牛没法比！咱村的蜂蜜好喝啊，大山深处和长白山野蜂蜜一样的品质……"

卢锡顺推销起来滔滔不绝，他终于发现自己还是个销售人才。后来他又建立了网上销售的渠道，东安村民养殖的优质产品终于插上了科技的翅膀，可以在线上出售了。

一年时间，村民们收入增加，终于看到了希望。

木耳种植是卢锡顺倾尽心血打造的一个项目。这里地处大山腹地，水好，木材多，空气也好，木耳种植是一个可以做大做强的最符合实际的优势项目。根据个人意愿和能力，卢锡顺从贫困户和青年力量中挑选出6户代表，从零起步开始了木耳种植。卢锡顺想，这6户就是火种，只要成功，将来的木耳村就会成为现实。

初期规模20万袋，可10万元的生产资金成了贫困户们发展生产的瓶颈。卢锡顺找到小额贷款中心，工作人员告诉他，必须有担保人，种植后还要前往基地验收，必须达到要求才行。贫困户们没有产业做抵押，没有担保人，怎样才能贷到款？卢锡顺找到了中心的领导，一顿恳求，说明情况。贷款中心领导终于被卢锡顺感动，最大限度放宽了政策，可以不要财产抵押，但必须有工作单位的职工担保，一人可担保4万元，出现还款风险时扣担保人工资。

⊙ 卢锡顺在包保村民的木耳基地

卢锡顺回家做妻子的工作。妻子一听瞪大了眼，说："万一你的木耳失败了，咱一家人喝西北风啊？"

卢锡顺厚起脸皮，和妻子好话说尽，终于做通了妻子的工作，贷款如期发放。当年，仅木耳种植一项就为村民带来了15万元的纯利润，还安排本村劳动力就业20多人。

站在村民刘兆朋的木耳基地里，我心头闪现的形容词是"壮观"。一排排木耳菌棒整齐地列着队，士兵一样从我眼前铺排开去，一直到小山坡的后面看不见为止。炎炎烈日下，十几名村民正在紧张地采摘着成熟的木耳。

⊙ 东安村木耳基地

我问一名村民，一天能挣多少钱。她告诉我，一小时12元，一天能挣100多元。

"卢大哥，和你的朋友在这儿吃晌饭吧，让俺媳妇炒俩菜，还有木耳蘸酱，咱哥儿俩喝一杯！"刘兆朋满脸黝黑油亮，咧着大嘴开心地笑，两排白牙格外扎眼。

一路上，每个遇到的村民都热情地和卢锡顺打着招呼。看来村民们不仅相信了他，还和他建立了很深厚的感情。

卢锡顺说："现在，全村在木耳基地打工的有50来人，他们每年最少的收入也有4000多，多的要10000多。养鸡养猪养蜂产业发展也都很顺利，养黄牛的最多，几乎家家普及了。现在全村黄牛存栏320头，一头母牛每年能保证一个牛犊，4个月的小牛就值6000多元，已经不用操心销路了，买牛的自己就开车来了。现在贫困户还剩33户了，今年还能脱贫6户。基础打下了，按时脱贫应该问题不大。不过，全部脱贫太难了！"

日华朗朗，乐观的卢锡顺望着青山环抱的小山村沉重地叹了口气。

我一时无语。

的确，就我采访所及，在别的国家级贫困村都已纷纷摘帽，向着全面小康，甚至乡村振兴的伟大目标飞奔时，卢锡顺他们还有33户贫困户，无论如何，这不算一份完美的答卷。可是毕竟经过两年多的努力，贫困人口从123人下降到60人，村民收入逐年增长，按时脱贫的基础已经牢牢打下。更加难能可贵的是，在如此艰难的条件下，我从东安村、从卢锡顺身上看到了一种精神，一种属于我们共产党人所独有的精神！

谈到下一步打算，卢锡顺说："再发展一两年，让养殖种植大户们成立专业合作社，抱团闯市场。还有，按扶贫政策，县上正在给我们建标准的新村部。老村部嘛，我想建个小酿酒厂，这样村集体就有了一个企业支撑，每年村集体有个十万八万的收入，党支部才更有战斗力嘛！"

"能建起来吗？"

"请你相信我！"我和卢锡顺一起说。

卢锡顺哈哈大笑。阳光下，他的笑容很生动，乐观中透着满满的自信和坚定。

二、好人情怀

侯志国一辈子都忘不了走进张清旭家时的情景。

村边，一个小山坡前，枯树枝不规则地圈起了半圆。靠中间部分算是庭院大门，也是横卧着的树枝，只是这棵树枝是可以挪动的，权作大门。

侯志国挪开树枝大门，走进院子，几块用过的塑料薄膜随着风在地上翻滚，几堆枯树枝和玉米秸可能是烧柴，还有几块白色的破泡沫板，除此之外，再无他物。

房子呢？人呢？

侯志国想，一定是指路给他的村民搞错了，他在破破烂

⊙ 张清旭和他的地窖子

烂的庭院中站了一会儿，又喊了两声张清旭的名字。

"谁？谁叫我？"

有了回答的声音，侯志国却没有见到人，院子里空空如也，声音苍老遥远，似乎从另一个世界传来。侯志国打了个寒战，浑身唰的一下起了一层鸡皮疙瘩。他壮着胆子又喊了一声。

"来了！"

天哪，随着声音，侯志国终于看清了，在小山前有一个小土包掩在杂草和塑料薄膜中，土包一侧，一个老人正从洞口吃力地爬出来。

侯志国一时惊得目瞪口呆，这难道就是传说中的地窖子？穴居？山顶洞人？

侯志国思维有些断片儿，只有简单几个词在头脑里跳来跳去。他定定地瞅着张清旭叹口气："已经21世纪了，我们要全面小康，要乡村振兴了。"

侯志国走到土包前，瞅瞅黑洞洞的洞口又看看张清旭。

张清旭见他蹲下来，以为对他的地窖子感兴趣，说："我不教你你下不去，别摔着，这是我睡觉的屋，这个是我做饭的。"

侯志国这才注意到，这个小土包边上，还有一个小土包——一个卧室，一个厨房。他让面前这个老人惊骇得哭笑不得。

　　张清旭今年84岁了，是村里的五保贫困户，更是一个思想保守顽固、性格比较孤僻的老人。因为他是五保户，镇党委、政府和村里多次想把他送到敬老院颐养天年，可他坚决不同意去，说那里人多，怕被传染病，并把不洗澡说成是为了健康，怕身体受潮气。

　　老人只想守着自己的那一亩三分地，别人的话一点儿也听不进去。他开始住地窖子是很多年前的事了，但具体是哪一年并不清楚，反正房子盖不起，他就挖了个地窖子住了进去。侯志国问他这样住多少年了，他的记忆力倒好，掰着手指头算算说："我28岁那年就住进去了。"

　　56年，老人已固执地在地窖子中住了56年！

　　不行，必须让张清旭搬出地窖子过正常人的生活。越快越好！这成了侯志国来盘道村后压在心上的一块巨石，让他寝食难安。可张清旭好像也跟侯志国较上了劲儿，任凭侯志国怎么说，还是那套怪理论，为了自己的健康，就是不搬。

　　侯志国只好改变策略，先从生活上想方设法解决他的实际困难。汛期到来了，电闪雷鸣、大雨滂沱，想到张清旭的地窖子随时都可能坍塌，侯志国半夜驱车到地窖子，把他接到驻村工作队驻地避险。张清旭睡眠不好，晚上经常不睡觉，侯志国和同志们就陪着老人聊天，并在早上给他做好饭。

　　洪水退了，汛期过了，侯志国满以为张清旭已经适应了地上的生活，便说："你那地窖子让水泡得有危险，不能再住了。"谁知张清旭脖子一梗，说："我在你们这儿睡不着觉。"坚决又回了地窖子。

地窖子里没有电，侯志国给张清旭买了个收音机，让他逐步接触外面的世界。老人听着收音机，似乎很受感动。终于有一天，张清旭同意搬到敬老院住了，镇上的领导听了都很高兴，侯志国也觉得自己这几个月的努力没有白费。郝镇长还专门放下手头的工作和侯志国一起协调好了养老院的相关事宜。

谁知第二天，当侯志国高兴地去接张清旭时，他又变卦了。他说："小侯啊，我不能去敬老院，那里人多，脏，细菌也多，容易得病。我表面脏，可我健康啊。你看我都84岁了，啥病没有。人不能离开土，离开了就会生病。"

一股火直冲侯志国的脑门儿。他想到自己这几个月来的努力，像对亲人一样的一片感情竟换回这个结果，扔下一句："你这么大岁数了还不讲信用！"生气地扭头而去。一些村干部和村民也劝侯志国算了，这些年镇村干部不知道做了多少工作，跑断了腿，磨破了嘴，老人就是一个老顽固。心到佛知，任凭他在地窖子里自生自灭吧。

可是，当夜深人静时，侯志国望着散落在山坡上的一座座民居，想起张清旭还在地窖子里穴居，又为自己对老人耍态度愧疚不已。毕竟这是老人多年养成的习惯，哪能轻易就改变了，是自己把一件很难的事一开始就想简单了。

⊙ 侯志国看望张清旭老人

侯志国还是隔三岔五往张清旭的地窖子跑，自己花钱给老人买来米、面、油、挂面等生活用品和衣物。老人牙口不好，侯志国就尽量多给他买一些易嚼易消化的食品。一次老人吃着奶油小面包，说："真好吃，我这辈子还从没吃过这么好吃的东西呢。"

侯志国鼻子一酸，险些落下泪来。这个和自己过世的爷爷差不多大的老人，连这样的面包都从未吃过，该是何等的封闭和孤独啊！

此后，侯志国不再提让老人搬出地窖子，而是像对自己的爷爷一样来尊敬他、理解他、帮助他。为了给老人排解寂寞，侯志国还特意从集市上买了两只兔子给老人饲养。村里有什么基础设施，在哪里建，怎么建，侯志国都专程来征求张清旭的意见，让老人觉得自己对于这个村庄、对于侯志国有存在价值。

2017年春天，一次和老人聊天时，张清旭说："我没有儿子，可你对我比亲生儿子都好，你是个好人，以后我什么事儿都听你的。"

"那咱搬出地窖子住，怎么样？"

"行啊，就是我不想去养老院。"

"好，一言为定，可不能再变！"

"不变了，人得讲信用嘛！"

400多天，一年多时间的工作，张清旭终于搬出地窖子了。这件事就像长了翅膀一样迅速在盘道村、在松江镇传开。为了给张清旭盖房，侯志国又多方筹措资金，最后在镇领导赵勇、玄千泽、王文峰的帮助下，为老人购买了房屋。

张清旭终于告别了57年穴居人的生活，搬进了宽敞、明亮、舒适的新家。

侯志国是2016年3月21日由省卫生计生委派驻松江镇盘道村任第一书记的，第二天他便把全村5个自然屯跑了一遍。

虽然来前做好了充分的思想准备，但贫穷落后的村容村貌还是让侯志国大吃一惊。主要有三个方面没有想到：一是没想到青壮年劳动力外迁如此之多。全村户籍共有227户650人，由于贫穷、偏僻、落后等原因，年轻人大多早已外迁，现在只剩下135户456人，低保户59户，占全村的44%，且多为老弱病残人员。二是没想到基础设施如此严重落后。村里没有任何产业项目，村里小学教室两间简陋的房屋便是村班子办公和开会的地方。经过了解，村集体不仅没有任何收入，还欠了10000多元的外债。在入户走访调查过程中，他看到的是满是泥泞的道路，走上去就像杂技演员走钢丝一样，需要两臂张开才能保持平衡不摔跤。三是没想到村里贫困人口90%以上都有安于现状和"等靠要"的思想。

通过深入细致的调查走访，侯志国深深地感受到，大多贫困户造成贫困的原因，不是国家的现行扶贫政策和政府的扶持力度不够，而是贫困户自我发展和改变现状的意识不强。那些住在即将倒塌的土坯房里的老人和孩子的眼神，深深地定格在侯志国的脑海里。也就是在那一刻，侯志国下定决心，一定要改变这个贫穷落后的小山村，让全村老百姓都过上好日子！

可说起来容易做起来难，如何能让这个贫穷落后的小山村旧貌换新颜呢？在那些深深思考的日子里，侯志国夜不能寐，寝食难安。扶贫就像输血和造血，盘道村就像一个贫血的病人一样，只有先输血，让病情稳定后，再提升病人的造血功能，从而使其尽快康复。那么对于盘道村的贫困户如何"输血"？怎么"造血"？"输血"的钱从哪来、如何"造血"生钱？"输血""造血"这四个字在侯志国心里深深扎下了根。为了确定盘道村产业扶贫的"输血"和"造血"项目，经过多方调研，与所有村干部和群众多次谈心，广泛征求意见，提出切实可行的方案并报请上级主管部门批准后，最

⊙ 盘道村党支部会议

终在松江镇政府和省卫生计生委的大力支持下，于2016年3月28日，确定了村扶贫产业"造血"项目种植大果榛子和"输血"项目建设笨榨油坊。

可是对于种植大果榛子这个"造血"项目，全村55户贫困户只有28户赞成。通过跟村民唠家常，侯志国发现，一是多数贫困户都有一种"等靠要"的思想，他们认为大果榛子生长周期长，一两年内见不到经济效益，所以不愿意发展这个项目；二是一些贫困户认为侯志国和他的扶贫工作队没有农村工作经验，想法不靠谱，来村里混几天，过渡一下，找个跳板镀个金就走了。所以村里的老百姓对于侯志国这个驻村第一书记的信任度几乎为零。

　　侯志国心急如焚，种植大榛子是有时间限制的，要在每年4月20日前种植完毕才能保证成活率。只剩下10多天时间就要错过最佳的种植期了，如何打响脱贫攻坚的第一枪成了侯志国的首要任务。俗话说，村看村，户看户，群众看党员，党员看干部。找贫困户谈一千句，不如村党支部成员一个行动。只有团结带领村干部一起谋划项目、共同发展，才能改变贫穷落后的局面。短短三天的时间，侯志国先后组织召开了五次党支部会议，通过向大家讲解国家、省、州、县扶贫政策，使支部成员统一思想认识，产生合力。之后再安排班子成员逐个入户向贫困户传达、讲解。根据调研掌握的第一手资料，4月10日侯志国组织召开了第一次全村贫困户座谈会，向大家更深入地讲解了国家、省、州扶贫政策，剖析了贫穷的原因，指出了解决的具体办法，得到了全体贫困户的初步反应，并在《种植大果榛子同意书》上签了字。种植大果榛子这个"造血"项目总算有了点儿眉目，迈出了项目扶贫的第一步。但更重要的是，资金来源问题还没有从根本上得以解决。根据上级要求，经镇政府和上级协调，需10月份才能下拨20万元"种植大果榛子"项目资金，眼下榛子苗从何而来？油坊厂房如何购买？是慢慢等，还是不等不靠，迎难而上？侯志国心里真是一团乱麻，急得满嘴是泡。

　　实事求是地讲，来盘道村之前，侯志国在省卫生计生委机关一直从事党务工作，没有一点儿农村基层工作经验。但他是军人出身，坚信破解各种精准扶贫瓶颈的关键，是要抓住党支部这个战斗堡垒。只要党支部握指成拳，充分发挥党员在扶贫中的先锋模范带头作用，再多的困难也一定能够找到破解的办法。

经请示镇党委，并积极与村党支部成员沟通，最终由村书记王金龙出面担保，从本村种植大户手中赊了11万多元的大果榛子苗，在4月20日前把所有大果榛子全部种植完毕。贫困户户均达2.8亩地，种植大果榛子共计147.06亩。按照亩产400斤、10元每斤的收购价计算，两年结果后每户平均可增收五六千元。按照丰果期30年计算，全村现有贫困户将终身解决贫困问题。这一项目为有效破解长期脱贫问题提供了保障。

建设笨榨油坊项目，被确定为贫困户救命的"输血"项目。虽然经协商由镇政府和省卫生计生委双方出资，但都要按照正常程序履行各种签批手续后方可实施。当时的时间非常紧，等一等就会拖后一年的时间。没有资金，笨榨油坊"输血"项目就无法继续下去。面对贫困户的期盼，组织的信任，侯志国和村书记王金龙一起思来想去，最后决定由王书记带头组织党支部成员每人垫付2万元，共垫资9.5万元，并于4月13日购买了笨榨油坊厂房。总算在工作队入村第三十一天，将两个项目落地凿实。但是当项目真正上马的时候，没有购买原材料的资金又成了最大的难题。于是，侯志国和王金龙两人各自瞒着家人，找亲戚朋友东拼西凑，共借了4万元，购买了2.3万斤苏子，侯志国又多方协调争取了价值2万余元的油瓶、纸箱、商标贴等包装材料，迎来了正式开工投产。到了年底，笨榨油坊纯收益达到了10余万元，贫困户第一次拿到分红。村民们纷纷向侯志国和驻村工作队竖起大拇指，脸上露出了幸福喜悦的笑容。

这一刻，侯志国突然觉得驻村以来所有的付出、所有的酸甜苦辣都是值得的。

经过两年的努力，2017年盘道村的笨榨油坊净利润已达到20.07万元，户均增收1.25万元，人均增收0.52万元。2018年春节一个销售旺季，净利润再创历史新高，达到了31.6万元，户均增收1.97万元，人均增收0.83万元。截至目前，盘道村村集体已有结余资金40万元，为盘道村整体脱贫工作和全村的进一步发展打下了坚实的基础。

在修缮一新的盘道村服务大厅中，挂着一面鲜红的锦旗，上面写着"感谢驻村工作队给了我第二次生命"。这是贫困户王作祥送给第一书记兼驻村工作队队长侯志国的。说起这面锦旗，还有一个故事。

2017年初，侯志国在走访贫困户的过程中得知贫困户王作祥连续几天咯血，便带着他到省人民医院进行了全面检查，最后确诊为肺癌，简直是晴天霹雳。王作祥老人询问医生得知，光手术费用就需要8万余元，还不算后续的化疗费用，当场就表示放弃治疗。

王作祥的妻子在2013年患上了乳腺癌，手术治疗已经花了5万余元，这些钱还是向亲戚朋友借的。家里本就贫困，住的房子都快塌了，现在自己又身患肺癌，心中的那片天也随之塌了。

不治了，听天由命，哪儿死哪儿埋吧。王作祥的心里充满了悲凉。

为了让王作祥重新鼓起勇气活下去，侯志国认真研读上级扶贫政策，耐心细致地为王作祥一家讲解了省卫生计生委出台的"五提高""一降低""一增加""三减免"政策，并重点讲解了单病种手术费全免政策，使王作祥一家看到了希望。2017年5月，侯志国成功协调吉林省人民医院为王作祥进行免费手术，共为其减少开支16万余元。可以说贫困户王作祥是村里第一个享受卫生计生委扶贫政策的人。

2017年10月份，王作祥家的危房也得到了改造，新建了40平方米的砖瓦房。

谁都没有想到，在王作祥老人手术的同时，侯志国的母亲也身患肾衰竭，和王作祥同住一家医院。老人就这么一个儿子，在最需要关心和照顾的时候，他却只能匆匆为母亲办理完住院手续，就把母亲交给妻子一个人照顾，自己又为协调王作祥的手术费用和化疗费用去奔波了。

郎玉芹是村里最贫困的几个贫困户之一。因儿子离婚，两个孙子没有户口（长孙10岁，次孙8岁）快要辍学了。侯志国在入户走访的时候得知了郎玉芹一家的遭遇，看着两个孩子穿着破烂的衣服怯生生地躲在老人的身后，又看到这快要倒了的不能再破的房屋，侯志国当即表态，坚决不能让孩子辍学。

经过多方了解，亲子鉴定是可以证明家族关系的法律文书，只要提供亲子鉴定结论，就能在法律层面确定亲子关系，就能给两个孩子上上户口。但是郎玉芹一家因经济窘迫，进了城更是两眼一抹黑，找不到门路，无法做亲子鉴定，迟迟未能上户口，导致两个孩子没有户籍，不能享受与普通公民同等的权利，甚至不能享有低保、教育资助等国家政策扶助。

侯志国看在眼里，急在心里，四处奔走努力争取，积极与省地方病二所沟通协调，筹集资金4000元，为两个孩子做了亲子鉴定，最终解决了两个孩子的落户问题。当侯志国把户口本送到郎玉芹手中的那一刻，老人紧紧握住侯志国的手，流下了激动的泪水。

同时，在侯志国积极协调下，2017年秋天，郎玉芹老人和两个孙子享受到了国家的危房改造政策，如今已经住进了窗明几净的新房子。

我来到盘道村时，已是夏日的傍晚。雨后，空气清新，蓝天绿树，晚霞夕照，山村呈现出少有的静谧美丽。

村民们明白了我的来意后，争相述说好人侯志国驻村这几年来为村民办的一件件好事。

在村民尹培基家，他76岁的老伴李玉芬抢着说："侯书记那是真实在，真出力，真给俺们办事。看到谁家有困难，他不吃饭不睡觉也想法帮着解决了！"

李玉芬老人还跟我讲了她对侯志国的误会。

那是2016年4月底，侯志国到她家走访，谈话中随意问了一句"你家需要什么帮助"。没想到李玉芬误认为侯志国贬低她家贫穷，不分青红皂白就给侯志国劈头盖脸地一顿训斥。

委屈肯定是有的，但侯志国没有辩解，他坚信只要心存善意，一心为群众办实事、办好事，总有一天会得到群众的理解和认可。

说到尹培基、李玉芬一家，确实很困难。十年前李玉芬就得了风湿性关节炎，手指变形，干不了体力活。而80多岁的老伴尹培基身患残疾，并患有肺心病，一下地就喘得厉害。情况更糟的是，儿子身体不好，19岁的孙子身患脑瘫导致一手一脚残疾。前几年，给孙子看病又欠下不少的外债，一家人生活在四面透风的土坯房里。为了解决这一家的实际困难，侯志国经过多方协调，在镇政府帮助支持下，把李玉芬家纳入了第一批危房改造户。

要想长期解决李玉芬家的脱贫问题，就要从其家庭实际情况入手。经过深思熟虑，侯志国想到，她的孙子能否就业才是破解难题的关键。他沟通协调了多家单位，最终却是无果而终，哪个单位也不想要个残疾人。正在侯志国犯难的时候，意外得到了一个消息，省卫生计生委科教处每年有100名定向免费培养医学生项目，毕业后就可以回到村里当村医，每月都能有2000多元的收入。得到这个消息后，侯志国立即向省卫生计生委领导汇报村里的情况，为村里特别争取了名额。现在盘道村已有3名贫困户子女坐在了窗明几净的教室里，不远的将来就能回到村里当村医了。李玉芬一家也搬进了政府帮建的新房。

2016年11月底，在盘道村贫困户总结大会上，76岁的李玉芬老人站了起来，当着在场50多人的面向侯志国深深地鞠了一躬，满含热泪激动地说："侯书记，我做得不对，不应该骂你，我这个老太婆，今天当着全村人的面，给你赔礼了，对不起！我当时那样骂你，你不但不记仇，还这样帮我们一家。你为全村办了这么多好事，我感激你，我们所有贫困户都感谢你！"

2017年末，盘道村村民沉浸在收获的喜悦中，侯志国却突感身体不适。去医院检查后发现肾上腺长了个肿瘤，在医生建议下，侯志国做了手术。躺在医院的病床上，侯志国想起了患肾衰竭的母亲，想起了高考冲刺的儿子，也想起了独自一人艰难挑起家庭重担的妻子。平时整天忙活在盘道村，偶尔回省城一趟也大多在为村里的事跑这跑那。他平时没有时间去想这些，现在，夜深人静的时候，刀口的隐隐作痛让他清醒。就像这病痛一样，蛰伏在内心深处的那缕剪不断的亲情，提醒着他作为一个儿子、一个父亲、一个丈夫的责任，深深的愧疚渐渐从心底升腾起来，迅速弥漫了整个心房。

暗夜中没有人看见，更没有人笑话，侯志国任泪水长流，打湿枕畔。

一周后，刀口尚未痊愈，侯志国又回到了盘道村。

他跟妻子说，陪伴亲人将来会有很多时间，可盘道村的乡亲们不能等，脱贫攻坚对于他们来说是挑战，更是机会。年底的收入分配分红、一年的工作总结、来年的工作安排……通过几年的发展，侯志国隐隐感到村容村貌和全体村民的精神面貌都到了一个重要、关键的节点上，更不能错过。

侯志国知道，这些话不只是说给妻子，更是为自己愧疚的心找一下安慰。

得知侯志国手术归来的消息，盘道村一下子热闹起来。村民们把鸡杀了送来，把珍藏的野山参送来，把采摘的蘑菇松子送来……

侯志国让工作队员许岩、毕凯又一一送了回去，并告诉乡亲们，这些东西拿到集市上能换回不少收入呢！

70多岁的李大娘忙活了大半天，亲手包了猪肉酸菜馅饺子，煮好了颤颤巍巍地捧到了工作队驻地，说："侯书记，孩子，你吃吧。你要把我当成亲人就吃，我活了这把年纪，你可是我遇到的最大最大的好人啊！"

三、忠良之心

坐在我面前的王忠良身材瘦削，不善言辞。谈起刚来村时的情景，他笑笑，说出两个字："很苦！"

2016年3月，王忠良受吉林省交通投资集团党委选派，来到西北村任第一书记。

3月，东北大地冰雪尚未融化，寒风阵阵，阴沉的天空不时纷纷扬扬地飘下雪花。

废弃的小学校舍改成了临时村部，土炕冰冷，透过薄薄的天花板能看到天上的星星。冻得实在受不了，王忠良开始试着劈柴生火取暖。可是上半夜好不容易烧起来的热乎劲儿，到了下半夜便很快散去，屋子里的温度又从零上8度降到了零下8度。早晨起来，脸盆里的水结了厚厚一层冰。没有条件做饭，他就顿顿方便面对付，一熬就是几个月。

妻子看到日渐消瘦的王忠良心疼了，说："再这样下去不等村里脱贫摘帽，你就得先垮了。能不能跟单位说说，咱不去了！"

"不能！"王忠良回答得很干脆。

"那我跟你去，怎么也得让你吃上口热乎饭啊！"

妻子的爱，让王忠良心底升起一股暖流。

"可是孩子上学怎么办？"

两人最后决定租房，毅然将全家搬迁到离西北村较近的明月镇，把女儿也转到这里读书。妻子的理解支持给王忠良增添了力量，更让他得以全身心地投入到村里的工作中。

王忠良起早贪黑挨家挨户摸情况，一个村民一个村民地走访。遇上问题能马上解决的就马上解决，不能马上解决的就先记下来，逐步找出思路想办法。在走访摸底调查的同时，他还不断思考着村里的发展，上项目，一定要上一个能为村民带来经济效益、可持续发展的好项目。他三顾茅庐请出了已经退休的老村支书杨文明跟他共同谋划，把发展吊袋木耳作为主攻方向，一边向政府申请项目，一边向公司递交可行性报告。为了掌握吊袋木耳的培植技术，王忠良带领村民到白山地区学习。可是村民拿不出差旅费。王忠良说："费用我出，你们的任务就是保证把技术给我学回来。"

经过反复调研、学习考察，多次向政府和集团请示，经过专家的可行性分析，2017年西北村获得政府投入扶贫款80万元，建起了吊袋木耳大棚。为了保证政府和集团的扶贫资金安全，保证村民在项目上获得最大的利益，王忠良在大棚里安装了摄像监控，技术人员对木耳的长势进行跟踪观察，随时指导，采收的木耳随时入库。

2017年末，仅吊袋木耳一项，参与采收的村民总收入就有20多万元，贫困户分红6万元，大棚承包户总收入7万余元。

⊙ 王忠良在村里的吊袋木耳大棚

　　成绩虽然不算优异，但却是西北村历史上的第一次。王忠良的良苦用心总算有了回报。站在木耳基地，西北村杨老支书热情地介绍着连片的大棚。我看到大棚已从最初的8栋发展到十几栋。大棚内，木耳菌棒高低错落地吊在不同的高度，这种立体的生产方式不仅合理利用了空间，提高了生产效率，也更卫生更环保。

　　其实，大棚吊袋木耳最大的优势是温湿度可控，生产周期更长，产量更高。

　　"绿色没有问题，目前我们正在申请有机食品标志。"

　　王忠良说，为了提高村民的抗风险能力，经村民代表大会讨论通过，西北村的木耳基地由交通投资集团有限公司扩大投资，委托德亚农业集团有限公司进行经营。有了大公司的进入，在扩大生产和产品销路上就有了保障，村里只需出土地和劳动力。村民们有一份工资收入，还有一份年末的分红，企业也有了优良食品的生产基地，实现了一个项目多方受益的多赢局面。即使扶贫工作结束了，企业也会继续和西北村合作下去，互利成为他们的永久纽带。

从承包经营到委托经营，这无疑是王忠良在扶贫实践中苦苦求索出来的符合西北村实际情况的又一个模式。

除了吊袋木耳外，玉米成了西北村与德亚集团合作的又一个项目。有机玉米深加工项目已经启动，利用几年时间的耕地养护改造，德亚集团将把西北村打造成有机玉米生产基地。到那时，西北村的玉米就不是现在这个价格了。

目前，西北村村民已没有了农闲，冬天开始制袋种菌，春夏秋三季除了忙活农田就是抓紧采收木耳。只要肯干，一年四季都有收入。

一条脱贫致富奔向全面小康的路已经展现在村民面前，并且一定会越走越宽！

木耳基地建在高处，站在这里正好可以俯瞰西北村全貌。整洁的水泥村路，路两边威武地立着太阳能路灯杆，一排排新建的民居青瓦白墙，同巍巍青山和姹紫嫣红的花草绿植相映成趣。

两年多前，王忠良刚来时看到的却是另一番景象。一栋栋高矮不一、七扭八歪的土坯房，有的换了瓦，有的还苫着茅草，还有一些似乎一阵风就能吹倒，早该列入危房了，可村民还是坚守在这黑乎乎的房屋里辛苦度日。不是他们不想改善，是他们实在没钱。

政府危房改造工作组一次次来做工作，又一次次失望而归。根据政策，每户翻建40平方米新房政府补贴3.3万元，每平方米造价1200元，自己还要添15000元，面积稍大一些的添得更多。

所有村民只能无奈地叹气摇头。虽然政策是好，可是对这些土里刨食辛苦一年只够温饱的村民来说，15000元就是个天文数字。

王忠良及时将这种情况向集团公司党委做了汇报，最后集团公司决定在政府补贴的基础上，公司再每户补贴10000元。

正是这关键的10000元，一下子点燃了村民们的希望，唤醒了他们长久以来埋在心底的渴求改变的梦想。一年时间，西北村就改造了49户，彻底消灭了危房。

过去，西北村流行一句话："没媳妇行，没有靴子不行！"可见村里雨天出行的泥泞。王忠良知道县扶贫办每年都安排一批修路款项，可僧多粥少，贫困村都排着队在等。等，西北村等不起，自己的时间更等不起。他几乎每天一趟扶贫办，跟领导摆事实讲道理，软磨硬泡，终于在当年争取到152万村路建设资金。之后，路边、沟、巷道、栅栏、路灯等项目也争取到位，终于有了现在我眼前的美丽整洁的西北村。

曾经，越赌越穷、越穷越赌的恶习在西北村蔓延。冬天，一些人卖了粮，不安排生产，不改善生活，却开始聚众赌博。

"他们还和警察打游击，在村口放上固定哨和游动哨。"杨文明老支书说。

"现在呢？止住了？"

"现在都忙，一年四季不闲着，放着钱不挣，还去违法，傻吗？再说了，村党支部规定，谁再赌，取消木耳基地的工作资格，取消村里的一切福利待遇，一下子就治住了！"

临别，杨文明老支书说啥也让我再多待一会儿，他要替王忠良讲讲那场大洪水，讲讲那个面对生死考验的危急时刻。

2017年7月20日下午4时，延边地区普降大雨。至晚9时，大雨仍未停歇，长兴河水位不断上涨。王忠良和村干部感到情况危急，马上按应急预案转移群众。村民们有的将信将疑，有的难以理解，有的舍不下家中财物，很多都不愿离开自己的住所，行动迟缓。经过一个多小时的努力，大部分村民开始走出家门，冒雨向附近山坡上转移。晚上11时，山洪倾泻，浑浊的洪水夹杂着树枝和泥沙奔向长兴河。长兴河水位正以肉眼可见的速度迅速上涨，冲毁了桥梁和堤坝，很快就与山洪达到了同一水平线。

　　整个西北村一片汪洋，交通中断，房屋、大棚相继倒塌。而此时，仍有30余名村民受困。王忠良和干部们分头行动，动用一切可以利用的资源解救村民。他们用钩机、铲车开辟道路，王忠良和镇包村干部王玉东摸索着进村寻找尚未转移的群众。

　　21日凌晨1点，洪水越来越大，他们将8名已无法转移的受困群众安置在房顶，正安抚大家情绪，猛然发现有5名村民正在洪水中艰难地向前摸索。突然，一股急流把他们冲倒，眼看要被洪水卷走。王忠良和王玉东立刻扑向他们，奋力抓住了挣扎的村民，才看清是村民邹国彬夫妇和赵成宝夫妇。只听邹国彬失声大喊："孩子，我的孩子呢？"这时他们才发现，在跌倒的瞬间，邹国彬背上的孩子没有了踪影。邹国彬的妻子绝望的哭喊声撕心裂肺，周围一片漆黑，洪水滔滔如末世来临。

　　王忠良戴的头灯是唯一的光源。滂沱的大雨，滚滚的洪流，嘈杂的人声，能见度和听力都极其有限。在头灯的照射下，王忠良很快发现了孩子在挣扎中露出水面的脑瓜顶，他奋不顾身地全力冲向孩子，一把将孩子牢牢抓在手里。可是洪水的力量实在太大了，一股股强大的水流似乎在撕扯着、裹挟着自己，要把自己拖进地狱。这时王忠良才明白洪水中人是无法游泳的，一个是水流太急，另外杂草泥沙混合在水中，像一锅黏稠的粥，让你无法施展。好在王玉东很快发现了他俩，全力冲了过来。两人合力把孩子举在中间，向安全地带一步一步艰难地挪动，生怕再来一个浊浪把三人都卷走。此时，恐惧一霎间把王忠良的体力和希望掏空。在洪水中，在这一刻，他深深地感受到了人的渺小和生命的脆弱，才意识到自己连续忙碌了4个多小时，体力已经严重透支了。王忠良看到不远处孩子的父母，自己现在是他们唯一的希望。终于，他和王玉东拼尽最后一点儿力气，一步一步把孩子送到了父母手中。

天亮了，雨停了，洪水逐渐退去。经过反复清点，确认全村无人失踪，没有伤亡。西北村历史上最大的一场山洪暴

⊙ 西北村一角

发，王忠良他们再次创造了奇迹。

这场洪水让全体村民重新认识了王忠良，认识了什么是危难中的党员干部，也看到了西北村党支部坚强的战斗力。

王忠良说，事后，当邹国彬一家人来到村部，让他们5岁的儿子跪在地上给自己磕头时，他感到手足无措，很不好意思。

什么是共产党人的初心，经历了这次生死考验，王忠良的感悟更全面、更深刻了。

第七章

第N条道路

一、殊途同归

我在延边大地、在海兰江畔的行走还在继续。

李姝君是一个懂得感恩的人。她在外打拼多年，看过城市的繁华后，更加眷恋自己的家乡，也正是这份感恩之情让她与旅游行业结下不解之缘。

李姝君16岁就离开了家乡，只身在外闯荡，去过很多城市，见过很多人。至今，她仍然念念不忘曾经的那些人、那些事和那些宝贵的人生历练与经验。儿时，由于家境贫寒，她小小年纪就靠卖冰棍儿来赚取生活费、积攒学费。很多去往长白山的游客都心疼这个烈日下坚持摆摊的小女孩，都会多买一些冰棍儿，还时不时赠送她一些文具和生活用品，这给了原本自卑的李姝君一种莫大的鼓励，也在她年幼的心里播种下了爱和感恩的种子。

在外闯荡多年的李姝君，于2000年说服丈夫陪同她一起返乡创业，先在万宝镇红旗村经营旅游产品和土特产商店，有了良好的口碑和信誉。可2010年那场袭卷全延边的大水，却将她在红旗村多年打拼的积累冲了个精光。不服输的李姝君决心重新开始，于2011年6月29日来到松花村，并登记注册了松花村姝君朝鲜族民俗旅游服务专业合作社。

经过几年发展，松花村姝君朝鲜族民俗旅游服务专业合作社已拥有建筑面积3000平方米的旅游餐厅、宾馆、商店及配套设施，社员9人，员工36人。为解决村民就业难问题，她优先高薪雇用本村村民为员工。合作社承接长白山旅游经济圈业务，为往来游客提供餐饮、住宿、游玩、选购旅游产品及土特产服务，年接待旅客量已突破15万人次。合作社租赁松花村果蔬采摘大棚，每年为村集体经济提供13.7万元收入。雇用本村村民采摘，并高价回收村民庭院符合标准的有机自种果蔬用于旅游餐饮服务和销售，带动了全村72名村民致富。

⊙ 旅游新村——松花村

作为村里唯一的企业，李姝君的合作社经常为村民们发送福利。每逢元旦、妇女节、端午节、中秋节、老年节、春节等重大节日，合作社还会为全村村民送上实用的物品或精致的礼物，如米、面、油、粽子、月饼等。同时，李姝君还将餐厅作为扶贫产业项目承包给松花村。餐厅占地面积860平方米，长白山旅游高峰期每天接待游客达200多人次，产生的经济效益全部用于松花村25户贫困户脱贫。有劳动能力的17名贫困人员在餐厅工作，得到额外工资补助，加速了脱贫步伐。

2016年末，李姝君申请了松花大米品牌，又成立了绿色大米种植合作社，注册资金100万元，吸收社员13人，整合村内农户零散水田地20公顷，实行统一种植、管理、销售的管理模式。

"人不能只想着自己，那样，事业不会长久。"在发展自己事业的同时，带动全村百姓脱贫致富，一直是李姝君的愿望。对于"专业合作社+农户"的形式，李姝君有自己的见解，她说："'四个强化'很关键。一要强化对接脱贫攻坚，要在思想上对接、政策上对接、力量上对接，全村上下紧紧拧成一股绳，真正形成返乡创业与脱贫攻坚的思想合力、工作合力、政策合力。二要强化返乡创业意识，对村内大批韩国务工人员，趁他们回国探亲之机，积极动员他们将在国外赚取的资金投入到家乡的企业建设中，同时帮助他们营造良好的创业平台，实行'扶上马、送一程'的政策，让他们少

⊙ 李姝君和她的旅游产品

走弯路、不走错路，致力于加速家乡贫困人口的早日脱贫。三是强化舆论宣传，加强对贫困户的宣传教育，引导他们树立'我要脱贫、我要致富'的思想，鼓励他们积极参与扶贫产业项目，扩大种养殖面积，增加收入，提高自身发展、自主脱贫的能力。四是强化产业扶贫和智力扶贫相结合，促进可持续发展，即'脱贫先立志、扶贫先扶智'，从改善生活环境和美化家园开始，在村内鼓励贫困户危房改造、卫生厕所改造，实现住房安全，改善居住环境、生活卫生，提高生活幸福指数，从而树立脱贫信心。"

　　值得一提的是，在带领乡亲们创业的同时，李姝君将爱心公益做成了生活习惯。她坚持每天去看望松花村80岁的村民金镇洙和他30岁的智障儿子，在物质生活上给予照顾。板石村贫困户杨增顺自己照看三个孩子，她坚持每周去看望两次，送去生活必需品。松花村村民崔忠烈家里着火，她主动捐款5万元。她还为村里的大学生提供在合作社假期实习锻炼的机会，助其顺利完成学业。

为进一步让全村村民树立正确的世界观、人生观、价值观，弘扬中华传统美德，传播志愿服务理念，李姝君率先在农村带领村民成立了志愿者服务队，以助人为乐的幸福观为指导，以开展志愿服务活动为载体，激励全村干部群众人人争做中华民族传统美德的传承者、社会主义道德规范的实践者、文明新风的引领者。利用道德讲堂进行道德宣讲，评选村内好婆媳、好邻居、好夫妻、最美志愿服务者、环境卫生文明户。设立"好人榜"，进行志愿宣传，推动乡村整体文明风貌的提高。

2002年，山宇大学毕业，与其他毕业生一样，为了找工作到处参加招聘会。作为刚毕业的学生，面向社会既有挑战又有干劲，想凭借自己掌握的知识，干出一番成绩。三年时间，他卖过电脑，干过程序员，也当过白领，换过很多工作，最后终于发现了理想和现实的差距。想找到一个自己喜欢、能够让自己施展才华的工作岗位，确实不易。这三年的经历也让山宇常常思考，是继续背井离乡在大城市里奋斗，还是回家乡创业，干点儿自己想做的事？这时，返乡创业的想法像一颗饱满的种子顽强地在他心里生根发芽。

2006年春天，中央颁布"1号文件"，推出一系列惠农政策。对从事农副产品生产、加工、流通的企业，实行只备案、不审批的"备案制"。对确认的备案项目，允许两年内不办手续、零收费进行试经营。这些优惠政策的出台，彻底点燃了蕴藏在山宇心底的创业之火。他和女友经过多次商量和多方考察之后，决定回到家乡创办特种养殖场，凭借自己所学的知识和技能，干出一番事业。

但是，父辈们传统的思想根深蒂固，回乡创业的想法遭到了家人的反对和亲友的不解。父母说："家里花了那么多心血供你读大学，就是希望你在大城市混出个模样来。你却要回来办养殖场，这不是胡闹吗？"山宇深知父母的心愿，然而省城的竞争压力和快节奏的生活，不是父母能够想象的。要干出成绩获得老板的赏识，也不是那么容易的。与其给别人打工，不如回家创业自己当老板。而且他坚信：只要有知识和本领，即使没有留在城市里奋斗，选择回乡创业，命运也同样会因知识和本领而改变。山宇决定用"知识务农"的理念和实际行动，转变家人的观念和自己的命运。于是，他的创业之路伴随着周围人不理解的目光开始了。

2006年初，山宇通过网络了解到了蝇蛆养殖项目，并对这一新鲜事物产生了浓厚的兴趣。经过进一步查阅资料和市场调查，他觉得这个项目可行、能干，前景也好。于是，他先后到河南郑州等地对蝇蛆养殖基地进行考察，发现养殖蝇蛆，不是看上去那么简单的，不仅需要一定的资金投入，而且要整天与让人作呕的苍蝇、蝇蛆打交道。想到这些，山宇还是有点儿不自在。但静下心来仔细琢磨，现在的人对营养价值越来越重视，用蝇蛆做鸡饲料，产蛋的营养价值高，肯定畅销。而且这还是个新兴项目，越是没人愿干越能挣钱。再说，想挣钱就得吃得了苦，受得住累，山宇终于下定了决心。

不久，山宇东挪西借筹集了资金，在距县城10多公里的长兴村建立了集蝇蛆繁育、饲料加工、蛋鸡养殖、加工销售于一体的特种鸡养殖基地。他边学边干，把所有心思都投入到场子里。每当看到一只只苍蝇破蛹而出，山宇都似乎看到了成功的希望。但是，让他没想到的是，由于地域和气候等差异，种蝇陆续死亡，几近全军覆没。几个月的辛勤努力，竟然竹篮打水一场空。面对这一结果，山宇相当郁闷，几近崩溃。痛定思痛，他又给自己鼓劲儿，看准的事就要干，干，就要干好！山宇振作起来，积极向有关专家、技术人员求教，买了很多蝇蛆养殖的资料认真学习，终于摸索出正确的养殖方法，重新开始蝇蛆繁育工作。其间，他的创业举动也得到上级各相关部门的支持，推荐他参加创业培训，提高创业本领。

经过近半年的努力，山宇终于养殖出白白胖胖的蝇蛆。为实现养蝇蛆喂鸡产蛋的目标，同年9月，山宇又引进了2000只特种蛋鸡。他学习养殖知识、请专家、找兽医，全身心地扑在了养殖场上。

经过不懈努力，蝇蛆、鸡都养活了，鸡蛋也有了产量。但是山宇发现，用蝇蛆养殖蛋鸡的做法并不少见，要想与众不同，做出点儿特色，就必须研究饲料配方。这里地处长白山腹地，有丰富的药材资源，能不能把中药材添加到饲料中呢？有了这个想法之后，山宇搞起了试验，没想到吃完添加中药材饲料的蛋鸡大量死亡，经过解剖化验发现是因为药材用量过大。几番试验之后，终于掌握了药材选料和添加的分量，达到了用药材调节鸡体，提高鸡蛋营养价值的目的。年底，山宇精心培育的特种、优质、健康、生态的鸡蛋终于面市了，并受到专业人士和消费者的一致好评。

这么好的鸡蛋如何包装，怎样打开市场？一个个新问题又冒了出来。基于"安图特产、安全特别"的想法，他给鸡蛋起名叫"安特"。名字起好了，下一步就是定包装、做广告、进市场。在包装制作上，起初做了50枚鸡蛋的普通包装，但是投放市场后效果并不好，这种包装既不利于运输，也不利于提高产品档次。可是要做新包装需要5万元左右的资金投入，在县团委和人社局等部门的帮助下，山宇得到了关键的5万元小额贷款。他委托专业公司设计、制作了新款包装，相继推出10枚鸡蛋的小包装、42枚鸡蛋的礼品装和60枚鸡蛋的精包装。多样化的包装得到广大消费者的认可，生态鸡蛋销售量明显提高了。随着市场的逐步打开，养殖规模也相应扩大。之后，山宇又先后引进了3000只和6000只鸡雏。为节约成本，提高科技务农的含金量，还购进了搅拌机、粉碎机，自制了清粪机和喂料机。如今养殖场饲养2万多只鸡，只需两个人就可以轻松完成。

目前，山宇公司集蝇蛆繁育、饲料加工、蛋鸡养殖、加工销售于一体的特种鸡养殖基地已经形成规模，基地已经发展到3万平方米，日产鲜蝇蛆500公斤，蛋鸡存栏3万只，年产生态鸡蛋300万枚，畅销各个大中型超市。

⊙ 山宇的特种养鸡场

随着养殖规模的不断扩大，现有厂房已经不能满足生产的需要，加上周边的养殖环境不是很好，山宇决定放弃现有的养殖基地，到养殖条件更优越的地方进行大规模养殖。于是，2011年他购买了亮兵镇的原鹿场进行升级改造，同时成立了安图县汇财生态牧业有限责任公司。在短短两年多的时间里，已改建厂房5000平方米，新建厂房3000多平方米，养殖规模已经扩大到12万只。

几年的创业实践，山宇经历过失败的挫折，深知创业过程的艰辛；得到过政府和父老乡亲的帮助，深感家乡人民的情谊。现在成功了，他知道该是回报乡亲们的时候了。看着父老乡亲对脱贫致富充满期待的热切目光，山宇心里不由涌出一个念头：带领乡亲们发展养殖业。既能共同致富，又能扩大规模，这不是一件两全其美的好事吗？在各方的支持下，山宇利用精准扶贫的相关政策，带动农户一起养殖生态蛋鸡，采取由公司统一管理饲养、统一技术、统一防疫、统一饲料、统一销售的方式，带领乡亲们开始了第二次创业。

二、延边模式

在安图，我还到访了新胜村和茶条村。新胜村的孙大柱从带领农户种马铃薯开始，建粉条厂、淀粉厂，带动了乡村经济蓬勃发展，同山宇一样被推选为村党支部书记，带领全村百姓再次创业。

⊙ 美丽富饶的海兰江畔

孙大柱和山宇一个靠种植办厂，一个靠养殖办场，最终赢得了村民们的信任，他们所在的村庄也都摘掉了贫困的帽子，无论是集体经济、村民收入，还是村容村貌、村民们的精神状态，都得到了明显的提升和改变，正走在实现全面小康和乡村振兴的康庄大道上。

茶条村如今已找不到一丁点儿贫困的影子了，一排排整齐的朝鲜族民居，白墙青瓦，飞檐翘角，在青翠如洗的群山环抱下显得幽静而美丽。驻村工作队队长兼党支部书记闫兆堂介绍说，目前，他们的中心工作是逐步推进村民的旱厕改革。

来到村部，文化室、会议室、活动室一应俱全，便民服务大厅宽敞、整洁、明亮，几名工作人员正在电脑前忙碌着，还有几名来办事的村民。闫书记要求一班五岗，必须全天坐班，村民有事随时可来。

这里无论办公环境还是便民流程，已超过了许多大城市的社区。

活动室刚刚放完一场电影，村民们喜笑颜开地离去。活动室的衣柜里，有满满几大柜朝鲜族演出的服饰。

通过与闫书记等镇村干部交谈得知，村集体现在有草莓采摘园，在镇上农村产业基地也有项目，目前正在和吉林尚好集团联合打造朝鲜族文化园。

和村民们聊天，他们嘴里常常提起已经离任的吕冠军书记。应该说茶条村有今天的面貌，与吕书记当初的努力拼搏密

⊙ 航拍海兰江

不可分。吕冠军曾经是中央政策研究室派驻茶条村的驻村工作队队长兼第一书记。

当年，他驻村后，深入调研，又请专家把脉，确立了茶条村"生态立村、特色兴村、旅游富村"的发展思路，制定了短期、中期、长期的发展规划，明晰了茶条村经济社会的发展方向。

当时，茶条村建档立卡贫困户121户170人，其中86户116人是低保户或五保户。这个村有民俗文化和地域优势，之所以贫困，根源是产业规模小、土地收益低，农民面朝黄土背朝天，一年也挣不了几个钱，只好外出打工。为此，吕冠军书记"抓大放小、直冲要害"，调整全村工作布局，使每项工作与国家精准扶贫政策紧密相贴。

抓项目，提升脱贫攻坚发展成效。要想带领群众致富，就要打开发展村集体经济这扇大门，金钥匙便是上项目、壮产业。可是，一缺资金，二少门路，怎么办？吕冠军与村班子反复商讨，找到了发展集体经济的有效出路。那就是：一、注重激发内力，打好"民俗牌"。他们充分结合民俗特点，与吉林尚好集团公司合作建设1200平方米朝鲜族酱产品生产基地，总投资270万元，投产后，以入股形式使356名贫困人口获得收益。又引进吉林坤和食品公司酱产业园项目，投资300万元的朝鲜族酱文化馆已完成地基建设，预计2019年底开馆。二、注重借外力打好"项目牌"。他多次到省州部门跑项目、跑资金，争取支持。申请少数民族发展资金300万元，建设10栋5000平方米特色温室采摘大棚。协调890万元打造石门镇农业产业化基地，建设钢架蔬菜冷棚100个。此外，还申请了3万元建设残疾人扶贫就业示范基地，帮助有劳动能力的残疾人发展养殖业，使他们尽快脱贫致富。

抓服务，增强脱贫攻坚保障能力。服务能力作为经济发展的保障，其建设的滞后将影响扶贫成效。为此，吕冠军带领村班子把增强服务能力作为脱贫工作的支撑点，争取了80万元，购置了水稻联合收割机、玉米联合收割机和叉车各2台，采取承包经营方式，预计年收益10万元。投资52.2万元改造村内道路1.3公里，争取了48万元建设2座特色村寨山门，又投资216万元实施小流域综合治理，建设护坡1500延长米，治理水土流失面积50平方公里，受益贫困户120余户。吕冠军还争取到3.5万元用于旱厕改造项目，投资26万元实施易地搬迁项目2个、农村危房改造3户。

抓文化，凝聚脱贫攻坚精气神。扶贫先扶志，精神富足往往比物质富足更能激发干部群众干事创业的热情。与村民相处久了，吕冠军感觉到村民们喜欢娱乐，能歌善舞，但村里没有像样的活动场所。他积极争取到资金123万元建设文化表演中心，联系州文广新局为村里捐献图书3000余册，安装健身器材20余件，又投资7万余元建设了"波斯菊幸福花园"。为促进民俗旅游发展，他还牵头撰写出版了《吉林省安图县石门镇茶条村村志》（2016年7月，中央民族大学出版社），组织开展农民文化节、广场舞大赛等文化活动，让村民尽享"文化福利"。茶条村被吉林省文化厅评为"一级全国乡镇综合文化站"和"吉林省农村文化大院建设示范点"，被吉林省妇联授予"示范妇女之家"荣誉称号。

抓党建，强化脱贫攻坚组织支撑。吕冠军清醒地意识到，要想跑得快，抓班子、带队伍是关键。村班子怎么建？通过调研思考，他开始对症下药，让队伍动起来。强化党员意识，为全村63名党员配发党徽。设立扶贫帮困、矛盾调解、村容整洁等责任岗，让党员亮出身份、有位有为。规范党内组织生活，开展"党员在新农村建设中如何发挥先锋模范作用"等专题研讨，为党员讲授"手捧党章，不忘初心"等专题党课，使党员坚定理想信念，在扶贫一线中创先争优。组织党员代表到珲春等地学习先进经验，与防川村建立友好互促村，让年轻党员活起来。注重从复转军人、返乡创业人员等优秀青年中培养后备力量，有效解决了党员队伍青黄不接的问题。把流动党员召进来，创新流动党员管理模式，建立党员微信群，定期推送国家惠农政策、家乡变化等信息，与流动党员建立起经常性沟通联系，让党员流动不流失。

吕冠军常说："住进了茶条村，我就是茶条人。当了茶条村第一书记，我就要担当起这份责任。"他把全部心思扑在村子里，无暇顾及高龄多病的老人和年幼的孩子，他回趟家都成了家人的奢望。长时间超负荷工作使他积劳成疾，血小板一度只剩下2个单位（正常值100—300），医院甚至开出病危通知。经过一段康复治疗后，医生强烈要求他住院治疗，他却毅然决然抱病回到脱贫攻坚第一线，一直靠激素维持着血小板

⊙ 海兰江新貌

指标。

就是这样一个人，成为百姓心中最信赖的人。每当走进朝鲜族老人家中，他总是用新学到的朝语"阿爸吉、阿妈妮"热情称呼，让百姓倍感亲切。

村民李虎常年身患重疾、行动不便，冬季取暖便成了他最大的难题。天冷了，吕冠军一直惦记着他，每年都会为他送去2吨烧煤。躺在热腾腾的火炕上，李虎想起吕冠军就满眼含着泪水。

为提高老年人生活质量，吕冠军争取到中央财政支持社会组织参与社会服务项目资金50万元，为村里老人提供有针对性的居家养老服务，全力打造"没有围墙的养老院"。又争取到华润慈善集团基金会资金50万元，配套资金10万元，建设了8间"党爱公寓"，圆了无房乡亲们的住房梦。

他还积极筹措资金12万余元，慰问困难群众、学生300余人次。李莲花是安图县朝鲜族中学的一名学生，父母均身患癌症，家境十分贫寒。得知这一情况后，吕冠军为她筹措助学金3600元，帮助孩子完成了学业。

茶条村摘掉了贫困村的帽子，吕冠军也任期届满。村民们争相送行，拉着他的手送了一程又一程，久久不愿意松开。

"吕书记，您能在村里多待一阵儿吗？我们舍不得您走……"

是的，对于一个一心为民的村支书，茶条村村民必然会念兹在兹，记住他、想念他，时常让他出现在人们的谈话中、记忆里。

说到延边模式，同样是中央政策研究室派驻龙泉村的王平堂书记总结的"干部驻村工作八法"不得不提：

一法：班子拧成一股绳

班子的团结，主要取决于两个"主官"。如果两个"主官"各吹各的号，各唱各的调，其他成员就会无所适从。无原则地一团和气，并不是真正的团结。班子立几条规矩，大家的规矩意识强了，麻烦就会少了。遇事多沟通，互相不猜忌，多敲当面鼓，不打背后锣，小事讲风格，大事讲原则，不利于团结的话不说，不利于团结的事不做，生活上互相关心，工作上互相补台，这样的班子才能心齐、气顺、劲足。

二法：融入群众似家亲

干部脚上有土，群众心里不堵；干部重视民生，才能赢得掌声。村干部应视群众为亲人，放下架子、俯下身子、离开位子，多转，多与群众交流，凡涉及群众的事，只要是自己能做的，哪怕是利用个人资源，也要伸把手，帮一帮。人心都是肉长的，你把群众的小事当成自己的大事，群众自然会亲近你、理解你、拥护你、支持你。

三法：调查研究当先行

没有调查就没有发言权。哑巴孩子糊涂娘，日子靠糊弄是过不好的。对村里的情况、百姓家的事，一定要做到了如指掌，否则，做工作就没有针对性，就不会做到点子上。蒙在被子里的哭声，只有头挨头的人才能听到。如果工作不深入、不细致，你就了解不到真实情况，脉搏摸不清，下药不对症，工作的成效肯定会大打折扣。

四法：牵牛要牵牛鼻子

劈柴不照纹，累死劈柴人。村里的工作千头万绪，作为领导，一定要善于抓主要矛盾，突出工作重点。扶贫攻坚，项目带动固然重要，但精神贫困比物质贫困更可怕。

扶贫先扶志、致富先强心。要积极采取各种措施，大力营造"勤劳致富光荣，争戴贫困帽可耻"的氛围，努力做到让非贫困人员不攀比、没怨气，贫困人员自尊、自爱、自强，积极用实际行动感恩社会，报效祖国报效党。

五法：细枝末节定成败

天下大事必作于细，天下难事必作于易。当大政方针和工作思路既定的时候，工作态度就决定了工作成效。村干部整天和村民在一起，我们的一言一行、一举一动群众都看在眼里、记在心上。因此，我们处事一定要公正，要一碗水端平。不论是做决定，还是干事情，尤其在涉及群众切身利益的问题上，一定要把问题想细致、想周到，努力做到无懈可击。否则，工作就会陷入被动，即便是好心、好事，也可能会出现相反的效果。

六法：妇女能顶半边天

妇女工作是农村工作的重要组成部分。重视做好妇女工作，对打赢脱贫攻坚战必将起到积极的推动作用。要充分尊重信任女同志，引导她们在扶贫攻坚工作中重点做好两点：一要克服"张家长李家短"的不良习惯，把主要心思用在干事创业

⊙ 龙泉村村委会

上；二要积极在家庭教育中发挥作用，让每一个家庭都有一个好的家风。引导大家努力向习近平总书记提出的"家风正则民风正，民风正则政风清"的目标迈进 。

七法：雪中送炭暖民心

浇树浇根，帮人帮心。十个指头有长短，咬咬哪个都心疼。

对身体抱病、遭受意外、遭遇自然灾害及家中有白事的家庭，作为干部，不论自己跟他们是否有过节，也甭管他们在村中的为人如何，我们都应抱着一颗仁爱之心，该慰问及时慰问，该关心及时关心。在群众最困难的时候帮一把，在群众最需要的时候站出来。

八法：党的领导是关键

基础不牢，地动山摇。村干部要牢固树立"抓好党建是本职，不抓党建是失职，抓不好党建就是不称职"的理念，把抓党建作为最大政绩，采取多种形式落实好"三会一课"等制度，开展好主题党日活动，不断增强党员的荣誉感和自豪感，提升组织的凝聚力和战斗力，让党旗飘起来，党员形象树起来。只有这样，党支部的战斗堡垒作用和党员的先锋模范作用才能得以充分发挥。

在海兰江畔延边大地上行走，疲惫且兴奋着。每天被曾经赤贫的村庄、贫困的村民震惊着，被最基层的党员领导干部带领广大群众创造出的一个又一个人间奇迹激动着、感奋着。我的笔无法抒写我激情澎湃的心怀，很难用简洁明了的语言对这一个个人间奇迹进行高度的概括和总结。

从光东村的返乡青年再创业和依托优势资源吸引青年才俊回村创业，到和南村优先打造村党支部的坚强堡垒，带领全村人成立专业合作社走上共同富裕之路，再到金达莱村举全市之力，尽政策优势重点打造的榜样示范村；从东明村做大做强优势产业，实现规模化发展，到工农村的稻田蟹和企业＋，再到松花村的旅游专业合作社＋；从盘道村、东安村、西北村艰难地发展壮大着村集体经济，巩固全体村民脆弱的脱贫成果，到新胜村的村企合一，茶条村的项目带动，再到龙泉村的驻村干部工作八法。每个村都有自己独特的做法和鲜明的个性，成绩斐然，精彩纷呈，令人眼花缭乱。

我终于明白，在实现全面小康、乡村振兴的伟大征途中，延边州各族儿女发挥地域及文化优势，在中国共产党的领导下，创造出属于自己的独有模式。他们的共同特点是：加强党的领导，突出党支部的战斗堡垒作用，全州上下形成了实事求是、因地制宜、发展经济上项目、改善环境变面貌、不拘一格求超越的良好局面。

三、中国经验

贫穷是全人类的公敌。

中国共产党自成立那天起，就把解放劳苦大众、让全体人民过上幸福的生活作为自己的历史使命扛在肩头。冷静回望近百年的历史，我们会发现，一代代中国共产党人浴血奋战，前赴后继，艰辛探索，百折不挠，一直带领着全体人民英勇无畏地向着国家富强、人民幸福的目标迈进。如果我们书写中国人的百年奋斗史，那么在世纪之交的40年时间里，中国共产党领导全体人民向贫穷宣战，全民族不落一人彻底脱贫，实现全面小康的伟大目标，一定是最为重要的华彩篇章。

还记得20世纪80年代具有里程碑意义的19号文件吗？1984年9月29日，中共中央、国务院《关于帮助贫困地区尽快改变面貌的通知》以19号文件形式向全党全国下发，中国共产党人从极左的桎梏中解放出来，实事求是地面对贫穷向全党全国人民发出了动员令。

1994年4月15日，国务院《国家八七扶贫攻坚计划》印发。

2001年6月13日，国务院《中国农村扶贫开发纲要（2001—2010年）》印发。

2011年5月27日，中共中央、国务院《中国农村扶贫开发纲要（2011—2020年）》印发。

一份份文件承载着共产党人的民生情怀，更体现着共产党人的坚定信念和顽强毅力。扶贫攻坚，向贫穷宣战，一代接着一代干，不达目的誓不罢休，不获全胜决不收兵。

到1993年，按当时的最低标准，全国范围的绝对贫困人口已从1978年改革开放初的2.5亿减少到8000万。

到2010年，按当时的国家扶贫标准——年人均纯收入低于1274元——全国贫困人口降到了2688万人。

这是一个骄人的成绩，这个成绩足以告慰前赴后继的几代扶贫人。

但是，实事求是是中国共产党人的优良作风，扶贫标准也必须与时代同步。随着国家扶贫标准的提高，2011年，全国贫困人口又由2688万猛增到1.28亿。

2012年，减少到1.0112亿。

2013年，减少到8462万。

2014年，减少到7230万。

2018年初，尚有3000万。

于是，这场向贫困宣战的扶贫攻坚国家行动，终于渐次达到高潮。

19世纪的1899年，本杰明·西伯姆·朗特提出了贫困线的概念，作为衡量贫困的标准，开启了研究贫困的先河。贫困问题由此受到广泛关注，成为世界级的难题。放眼全球，当今世界，贫困困扰着大多数发展中国家，全球尚有12亿人每天生活在绝对贫困线下。

贫困，是全人类的耻辱！而同时，贫困也是人类将长期面对的社会现实。

2015年，第七十届联合国大会决定，到2030年，全世界要消除绝对贫困人口7个亿，每一年要减贫5000万，而中国每年1300万左右的减贫目标无疑从根本上改变了全人类的生存状况。按最新的贫困线标准测算，改革开放40年来，仅在我国农村，就成功减贫7.4亿人，这更是中华民族对全世界人民的巨大贡献。

2018年6月6日，在联合国粮农组织总部，中国国务院扶贫官员围绕"消除贫困与饥饿、保障粮食权"的主题，与全世界分享了中国在减贫领域的成功经验，并表示中国愿与广大发

⊙ 延边州新农村

展中国家一起，继续开展减贫经验交流，持续深入推进国际减贫事业的发展与合作，为国际减贫事业贡献中国智慧。

目前，唯有中国自加压力，制定了彻底消除绝对贫困的时间表，到2020年，让全体人民一个不落地告别贫困，走向小康。

这是中国共产党向全体人民的庄严承诺。

一时间，全球瞩目，世界为之一振。广大发展中国家、联合国和一些发达国家纷纷将目光投向中国、投向中国共产党人。他们关注着中国脱贫的时间表和路线图，更在探寻扶贫攻坚的中国智慧和中国经验。

"宁德赤溪畲族村干部群众艰苦奋斗，顽强拼搏，滴水穿石，久久为功，把一个远近闻名的贫困村建成了小康村。"

这是习近平总书记对宁德赤溪村的批示。他还和赤溪村的干部群众视频通话，使奋斗在扶贫一线的广大干部群众倍受鼓舞。

1984年6月24日，《人民日报》在头版刊登了福建省福鼎县委报道组王绍据先生的一封来信，反映赤溪村群众急需改变的极其困难的生活现状，同时配发了《关怀贫困地区》的评论员文章。赤溪村由此走入全国人民的视野，被誉为"中国扶贫第一村"。

现在赤溪人经过30多年的连续奋斗，13个自然村1500多人分期分批陆续搬迁到中心村，彻底拔掉了穷根。

赤溪村的成功经验是可复制的。到2016年，福建省搬迁农户142万户，整体搬迁7000多个自然村屯。

整体搬迁，还只是"宁德模式"的内容之一。宁德是全国18个集中连片贫困区之一，1988年到1990年，习近平总书记担任宁德地委书记时，带领宁德人民向贫困宣战，以"弱鸟先飞"的进取精神、"滴水穿石"的顽强韧劲、"四下基层"的工作作风，念好"山海经"，搞好"经济发展大合唱"，探索全村全屯整体移民搬迁的新路子，创造出了切合闽东扶贫实际的"宁德模式"。

这之后，宁德人民在党的领导下，继续努力拼搏奋斗，到2015年，全市人均可支配收入已达到12000余元，彻底实现了脱贫奔小康的目标。

国务院副总理汪洋在东部地区扶贫工作座谈会上指出："宁德模式是习近平总书记扶贫开发战略思想的成功实践，是中国特色扶贫开发道路的典范。"

习近平总书记的扶贫思想萌芽于陕北的梁家河，在那里，他带领众乡亲开始了最初的实践；成熟于宁德，在这里，他把实践总结成第一部个人专著《摆脱贫困》。

党的十八大后，习近平总书记最关注的一件事就是扶贫，一次次深入乡村，一次次考察扶贫。

2015年7月16日，在海兰江畔，习近平总书记说："中国有13亿人口，要靠我们自己稳住粮食生产。粮食也要打出品牌，这样价格好、效益好。我们正在为全面建成小康社会而努力，全面小康一个也不能少，哪个少数民族也不能少，大家要过上全面小康的生活。"

2017年6月23日，习近平总书记在山西太原市召开的深度贫困地区脱贫攻坚座谈会上说："今天，我们召开一个深度贫困地区脱贫攻坚座谈会，研究如何做好深度贫困地区脱贫攻坚工作。攻克深度贫困堡垒，是打赢脱贫攻坚必须完成的任务，全党同志务必共同努力。今年2月21日，中央政治局举行第十九次集体学习时，国务院扶贫办准备了一个专题片，反映深度贫困地区问题，看到一些地区还很落后，群众生活还很艰苦，大家感到心里沉甸甸的。因此，我想请省市县三级书记来，研究推进深度贫困地区脱贫攻坚工作……党的十八大以来，党中央把贫困人口脱贫作为全面建成小康社会的底线任务和标志性指标，在全国范围全面打响了脱贫攻坚战。脱贫攻坚力度之大、规模之广、影响之深，前所未有……"

正像习总书记所讲，自党的十八大以来，各级党委共向12.5万个贫困村派出19.5万名驻村第一书记，派出77.5万名驻村工作队员。

2018年9月25日，秋风送爽，遍地金黄，又是一个充满了丰收喜悦的沉甸甸的季节，习近平总书记再次来到了广袤的东北大地。他说"悠悠万事，吃饭为大""十几亿人口要吃饭，这是我国最大的国情"，他说"绿水青山、冰天雪地都是金山银山""要把保护生态环境摆在优先位置，坚持绿色发展"。也许是巧合，在此期间，新华社授权播发了《乡村振兴战略规划（2018—2022年）》，这是我国出台的第一个全面推进乡村振兴战略的五年规划，全面落实党的十九大报告提出的"产业兴旺，生态宜居，乡风文明，治理有效，生活富裕"的实施乡村振兴战略的总要求。规划提出农业科技进步贡献率到2020年要达到60%，2022年要达到61.5%；农业劳动生产率到2020年增至每人4.7万元，2022年再增至5.5万元；农产品加工产值与农业总产值比到2020年提高到2.4，2022年提高到2.5；休闲农业和乡村旅游接待人次到2020年增至28亿人次，2022年再增至32亿人次。"潮平两岸阔，风正一帆悬。"蓝图已经描就，号角再次吹响。改革开放40年来，中国农业地区贫困人口按2010年标准从1978年的77039万人减少到2017年的3046万人，贫困发生率从1978年的97.5%下降到2017年的3.1%。从2013年到2017年，贫困地区农村居民人均可支配收入年均实际增长达到10.4%，这在世界范围内是绝无仅有的！

　　在中国共产党的领导下，一场轰轰烈烈的脱贫攻坚战正在神州大地上如火如荼地进行着。从云贵川集中连片的石漠化区域到闽东，从广西到湘西，从河南宁夏甘肃新疆到广袤的东北大地，勤劳智慧的中华儿女正在创造着人类发展史上又一个伟大的奇迹，这注定要在历史的巍巍丰碑上留下极为浓墨重彩的一笔。

⊙ 金达莱村一角

　　中国人民在中国共产党的领导下，创造出了毕节经验、宁德模式，还走出了塘约道路、西海固模式，创造出了巴中经验、六盘山经验、闽宁经验、湘西经验等等。现在，在这片沃野千里的吉林大地上，站在海兰江畔，我们可以自豪地说，中国大扶贫，中国人民过上全面小康的生活，彻底实现乡村振兴，还有一个延边模式，或者叫海兰江模式。

第八章

青山常在

一、怀念一个人

应我的要求，去探访海兰江源头之前，陪同我的安图县委宣传部铁峰科长带我参观了东满特委党团会议会址。

"东满特委"是中共东满特别委员会的简称。1930年9月25日，中共满洲省委决定，成立东满特委，划延吉、和龙、珲春、安图、汪清、敦化、桦甸等10个县的党组织由东满特委直接领导指挥。当时，全东北地区共有中共党员1190名，而东满特委就有党员670名，占全东北党员总数的56.3%。县级以上干部18名，区级干部41名，黄埔军校出身和在前苏联指挥过战斗、有军事才能的9人，还有14名妇女干部。整个东满根据地群众2万多名，有1万多名参加了各种抗日组织。

1931年，满洲省省委秘书长兼首任书记廖如愿在纠正"立三路线"的影响、总结东满农民革命运动的工作中，由于没有全面领会中共六届四中全会的精神实质，提出了错误的口号，指挥了根据地军民的冒险行动，致使东满党团组织遭到严重破坏，廖如愿也被奉天（今沈阳）日本宪兵队逮捕。

正在革命陷入低潮、日本全面侵占东北、民族危机空前严重的时刻，共产党的早期优秀党员，曾先后担任中共东京特支领导人、上海沪中区委书记的中国左翼作家联盟（左联）创始人之一——安徽人童长荣受党委派，来到东满接任东满特委书记。他是"九一八"事变后与杨靖宇、赵尚志等同志一起，第一批被党派到东北领导武装抗日斗争的优秀干部。

面对空前的民族危机，童长荣瞒着母亲和妻子，以抱病之躯，义无反顾地来到了冰天雪地的东北，冲上了抗日斗争的第一线。他于1931年11月到达明月镇瓮声砬子村，于12月召开了东满各县党团负责人联席会，及时纠正了前一时期东满地区盲动冒险主义错误，同时要求各县区要在党的领导下积极创建游击队，建立抗日根据地，开展抗日游击战争，为东满党组织指明了未来一个时期的工作重点和方向，甚至决定了我

⊙ 童长荣烈士

党领导的这一重要地区未来十几年的抗日斗争形势。会议还通过了创建和发展工会、农会、妇女会、赤卫队、少先队、反帝同盟的决议和开展士兵工作、组织兵变、夺取武器、准备春荒斗争的决议，明确了东满地区各县区党团组织今后一个时期的斗争任务，使东满各地的党团组织迅速恢复并进一步发展壮大。不久，十几支中国共产党领导的抗日武装先后建立起来，成为我党后来领导的抗日联军最主要的力量之一，使抗日的烽火迅速燃遍东满大地。

可以说，瓮声砬子东满特委党团会议，在中国共产党领导的东北人民抗日斗争史上具有重大的历史意义和深远的影响。在会议会址，现在的明月镇大砬子村村部，我仔细地看着一张张图片、一段段文字说明，小心翼翼地触摸着那段沉重的历史和烽火岁月，用心感受着早期中国共产党人舍生忘死的报国之志和为民情怀，几次为童长荣的人生经历热泪盈眶。

童长荣，1907年11月生于一个穷苦的书香之家，安徽省枞阳人。父亲早逝，家境贫寒，母亲靠着给大户人家浆洗裁缝艰辛度日，但她遵循"穷不丢书"的祖训，早早将童长荣送到私塾读书。懂事的童长荣深深理解慈母的不易，学习十分刻苦，常常受到私塾先生的称赞。

1921年，童长荣以优异成绩考入安徽省立第一师范学校读书。当时的省城安庆，马克思的共产主义学说流传广泛。童长荣如饥似渴地阅读了大量进步书报，很快成为学生运动领袖，并于1921年4月参加了安庆青年团成立大会，成为学生中第一批加入党的外围组织——社会主义青年团的学生。

1925年，童长荣等一批学生运动的先锋，根据党的批示东渡日本，考取了东京帝国大学预科第一高等学校，后转入东京帝国大学学习。他告别了养育自己18年的慈母和美丽善良的未婚妻何佛清，从此走上了职业革命家的人生道路。

在日本期间，童长荣加入了中国共产党。他一边努力求学，一边秘密参加共产主义运动，曾经担任中共东京特别支部的领导人。想到苦难深重的祖国，念着风烛残年的母亲和艰难度日的未婚妻，童长荣执笔写道：

母亲大人：

好久没有写信回家了，劳您老人家的挂念，心实不能安。老人们或者以为我忘了家里，其实我决不，我无日不想回去看看乡里的沧桑、家庭的状况和老母亲的平安！

乡里的兵匪之乱，怕还未平静吧，这是不能平静的啊。在社会未变革、上下未颠倒以前，这不独是中国，全世界都走到了五叔所常说的大劫的关头，但也是黑暗和光明的天晓……

1928年，令人震惊的济南惨案发生，消息传到日本，童长荣痛心疾首，义愤填膺。他料到不久的将来中日必有一战，为唤醒国人，血洗耻辱，中国必须早做准备。童长荣领导旅日爱国者成立了"中国留日各界反日出兵大同盟"，与日本帝国主义当局展开坚决斗争，被日本当局投入监狱。经过两个多月的关押、严刑拷打，日本当局一无所获，只得将他驱逐出境。

　　童长荣重新回到祖国的怀抱，先后担任中共上海市沪中区委宣传部长、区委书记。在此期间和鲁迅、夏衍等人筹备成立中国左翼作家联盟，成为左联重要的创始人之一。同时，他还拿起笔，创作了大量的散文、诗歌和短篇小说，成为左翼文化团体太阳社的一支重要力量，为中国共产党培养和储备了一大批文化人才。由于当时保密的原因，童长荣这段经历在很长

⊙ 东满特委党团会议会址

一段时期不为人所知。之后，受党中央委派，童长荣又到河南重建河南省委，先后担任过河南省委书记、天津市委书记、大连市委书记等。

东满特委党团会议后，各地的抗日斗争轰轰烈烈地开展起来，小汪清抗日根据地、王隅沟抗日根据地、大荒沟抗日根据地和渔浪抗日根据地四块集中连片的抗日根据地建立起来。根据地群众的抗日热情十分高涨，军民携手对日本侵略者进行了顽强抵抗和沉重打击，逐渐成为日本侵占东北全境的心腹大患，成为日本侵略军清剿的重点。

为了彻底消灭东满各县区的游击队和赤卫队，日本侵略军将占领朝鲜的"间岛派遣队"调来东满，与关东军和宪兵队一起对根据地进行一次次疯狂进攻，短短3个月内就出动飞机300多架次，与各抗日武装作战100余次，屠杀我根据地百姓1000多人。

侵略者的暴行没有吓倒东满各族人民，反而更坚定了根据地广大军民抗战到底的决心。在童长荣的带领下，延吉、珲春、汪清、安图、和龙等县捷报频传，根据地军民越战越勇，仅东满四县的主力游击队就已达700多人，党团员占80%以上，战斗力强悍，还有1000多名赤卫队员。童长荣领导根据地军民和敌人巧妙周旋，由以前被追着打，壮大到敢于同日寇正面交手，主动出击，运用游击战、伏击战打得前来讨伐的日伪军蒙头转向。此时，整个东满地区共产党员的人数已达1200多人，仍然占当时全东北党员的一半，除了四个集中连片的根据地外还有20多个大大小小的抗日根据地，为创建东北人民革命军第二军（后改编为抗联第二军）打下了坚实的基础。

在此期间，童长荣除了领导军事斗争工作，还以抱病之躯加强各根据地和游击队的党政建设和宣传工作。东满各根据地先后创办了《战斗日报》《青年先锋》《斗争》《反日报》《两条战线》等刊物，童长荣撰写了十几万字的文章，宣传抗日救国的道理，鼓舞抗日军民的斗志。并用朝、日、汉三种文字书写传单对日伪进行反战教育。

1933年3月30日，游击队员在打退日军鳖冈村一旅讨伐队后打扫战场时，发现了一辆满载子弹的汽车和一名日本兵的遗体遗书，上面写道：

亲爱的中国同志们：

看到你们的宣传品，知道你们是共产党领导的游击队，你们是爱国主义者。很想和你们见面，去打击我们共同的敌人，但我被法西斯包围着，我决心自杀了，我运来了10万发子弹，请你们坚决地打击日军法西斯。

日本共产党员　伊田助男

后来，日军将鳌冈村一旅调到延吉城进行了内部大搜捕，并解散了该旅。起义士兵一次送来10万发子弹，这在中国14年抗战历史上也是绝无仅有的。伊田助男事件，足见东满抗日根据地的力量和童长荣宣传工作的影响。

1933年3月下旬，日军得知童长荣已于前一年初冬带领东满特委转移到小汪清抗日根据地的消息，便制定了详细的"大讨伐"计划。此时的小汪清抗日根据地中心在马村，驻有东满特委机关和汪清县委机关，是整个东满抗日斗争的领导核心。

面对气势汹汹的日军，童长荣临危不惧，召开军事会议，任命救国游击队司令李延禄为反讨伐总指挥，各县区游击队、别动队、赤卫队、救国军联合作战。采取声东击西、预设战场、诱敌深入、伏击歼灭、跳出包围圈、迂回敌后袭击等灵活多样的游击战术，大破进剿的日军，彻底粉碎了日军的这次围剿。东满抗日根据地的军民信心大增，对童长荣的军事指挥才能更是由衷敬佩。

随着日本全面侵华野心的不断膨胀，日军对东满地区持续增兵。在日军反复残酷讨伐和严密封锁下，东满抗日根据地陷入了极端困难时期。日伪军实行并屯保甲法，妄图彻底切断游击区群众和抗日武装的联系，对中心根据地制定实施残酷的抢光、烧光、杀光的"三光政策"。童长荣带领根据地的军民转战在深山密林中，时常面临着断食断盐的危险。他们风餐露宿，饥寒交迫，靠着树皮草根充饥，和侵略者进行着一次次顽强的战斗。

艰苦的战斗环境，使童长荣多年的肺病愈来愈严重了。每当夜深人静，他常常被难以忍受的胸痛疼醒。他惦记着多年未曾见面的老母，思念着一直苦苦盼着他回家成亲的未婚妻何佛清，再也无法入眠。本来，在河南被捕，被党组织营救出狱后，党组织曾有让童长荣回上海休养一段时间的考虑。他也曾想到用这段时间回到老家休息，并和去日本前见过最后一面的未婚妻完婚，不要让她再苦等下去。可是一个职业革命家早已将自己的一切交给苦难深重的祖国，交给了解放全民族劳苦大众的崇高信仰。在严峻的民族危亡时刻，童长荣毅然暂时放下了母子深情和儿女情长，北上天津、大连，最后来到当时抗日斗争的最前线——东满。

此时，童长荣还不知道，在他的家乡，美丽善良的何佛清已经冲破了封建礼数的束缚，毅然搬入了童家，以儿媳的身份担负起了照顾婆婆、操持家务的家庭重担。

1933年末，日军再次纠集6000余人，对东满抗日根据地进行疯狂围剿，甚至每天出动数十架次飞机对小汪清根据地进行狂轰滥炸。

童长荣率领根据地军民同数倍于己的日军进行着殊死搏斗，让侵略者每前进一步都要付出血的代价。我根据地抗日军民也损失惨重，战至1934年1月下旬，军民牺牲1000余人。

2月中旬，童长荣率领东满特委机关部分游击队员和根据地群众转移到汪清县十里坪（今东光镇）。3月21日行军途中突然遭遇日军的讨伐队。面对敌众我寡、被敌包围的严峻形势，童长荣沉着指挥游击队掩护特委机关成功突围后，重病在身的童长荣已虚弱得没有突围的力气了。他躲在一棵大树后边向疯狂涌来的日军射击，命令身边的游击队员突围。突然，一颗罪恶的子弹打进了童长荣的腹部。时任汪清县妇女部长、朝鲜族女战士崔今淑背起他突出重围，但童长荣终因流血过多献出了27岁的年轻生命，成为中国共产党在抗日战争中牺牲的第一位高级将领。

　　童长荣将自己的一腔碧血抛洒在这片黑土地上，用自己的血肉之躯滋养着延边大地，滋养着漫山遍野的金达莱年年盛开。

⊙ 童长荣烈士陵园

1934年，江西瑞金，在中华苏维埃第二次全国代表大会上，毛泽东同志提议全体代表向童长荣等东北抗日烈士默哀致敬。

1935年，中共中央发表"八一宣言"，童长荣被追认为民族英雄。

英雄走了，值得一提的是英雄的未婚妻何佛清，一直全心全意地孝顺着童母，为童长荣尽了养老送终之责。新中国成立后她又收养了一子一女，直到1987年以83岁高龄病逝，终身未婚。

何佛清这份常人难以理解的执着爱情，令人闻之动容。她对童长荣以生命相托，毕其一生的思念更是惊天地泣鬼神。

2015年9月3日，养女童承英以烈士子女代表的身份，赴京参加了中国人民抗日战争暨世界反法西斯战争胜利70周年阅兵式。

人民记住了童长荣，延边人民永远不会忘记将鲜血抛洒在这片热土上的英烈和先辈们。

作为革命老区，安图人民在解放战争中更是为解放东北、解放全中国做出了巨大贡献。

1946年1月至1947年5月，时任东北民主联军第一纵队司令员的万毅将军就率部驻扎在安图一带。其间，安图县各族青年群众多达826人参军入伍（不包括参加杨靖宇支队的人数）。在解放吉林的战役中，安图县组织大车队，完成运输任务83次，出车779次，被吉林省战勤评功委员会记大功者1人，2次小功者7人，获兵站"战勤模范奖旗"7面。以安图为代表的延边革命老区群众，积极参军参战，无偿支援前线。正是延边老区人民的有力支前，使长春、吉林、通化等城市胜利解放，为夺取辽沈战役的胜利奠定了坚实基础。

⊙ 解放吉林市后万毅(左一)和警卫员山子(左二)、警卫连长李希太(左三)在吉林北山

二、源头第一村

告别安图，我顺布尔哈通河而下，再次经过瑞田盆地，来到了平岗绿洲，来到了海兰江畔。在布尔哈通河畔，我路过了渤海古国的卢州遗址，遗址周围果然是大片的一望无际的绿色稻浪。那么当时的卢州应是62州之一，"卢城之稻"就应该是从这里发端，自此向瑞田盆地、向平岗绿洲、向海兰江中上游流域和图们江流域传播，使住在中京显德府里的王公大

臣们得以日日享用这上好的珍珠御米，还作为贡品运往京城长安。

是先有中京显德府，还是先有卢州城呢？我翻遍了手头的资料，也没有找到只言片语。我推断，公元926年，契丹人灭渤海国时一定进行了大规模的文化破坏，使渤海人200多年间创造的灿烂文化损毁殆尽。

千百年来，中原王朝对这块化外之地大多采取怀柔政策，任各个地方政权互相征战杀伐，胜者为王。而胜利者为了方便自己的统治，最先消灭焚毁的往往就是失败者的文化。所以即使当年的契丹国没有屠城焚书，然战火兵燹不断，后又被封禁了200多年的这片沉重的土地，历经数千年风雨沧桑，还能给我留下什么只言片语呢？

幸还是不幸？哀痛还是欢乐？今天，当我站在中京显德府的遗址凭吊、感怀，仿佛看到历史的战火硝烟正在渐渐远去，那些渤海古国的陈年往事已变得不那么重要了，重要的是这片沉重的黑土地经历了几千年的血火交织，应该迎来一个伟大盛世的降临了！

终于，我向着海兰江的源头第一村——青山村走去。

车出和龙市区向西，然后向南，一头扎入了群山的怀抱。一条灰白色的水泥路在群山间蜿蜒向前，看似已走到了尽头，而拐过山头，路又在眼前延伸开去。

"青山村我也不常去。"和龙市文联副主席崔静花一边小心地开着车一边说。她今天特意叫上了一名驻村工作队员做向导。

车有了颠簸，我们已从水泥路驶上了一段泥土路，车后扬起了一片烟尘。

青山村是典型的边境少数民族贫困村，位于龙城镇西北部，幅员250平方公里，林地面积1831公顷，耕地面积244公顷，退耕还林面积141.5公顷，现有耕地面积102.5公顷，其中旱田100公顷、水田2.5公顷。现有4个自然屯，4个村民小组，在册人口264户734人，其中朝鲜族660人，占人口总数的90%。原有贫困户90户158人，2017年精准识别后，新增2户8人，清退7户15人，死亡5户8人，现有贫困户80户143人。青山村现有两家合作社，分别是和龙市青山村日升种植专业农场和和龙市龙城镇青山盛龙养殖专业合作社，80户贫困户均加入了合作社。

全村在册党员29名，实际在村党员9名，流动党员20名，35岁以下党员2名。村"三委"班子成员共9名，后备干部4名，入党积极分子4名。

"青山村地处高寒山区，无霜期短，积温低。受此影响，玉米种植的产量较低，效益不高，主导产业不突出。山坡地较多，耕地零散不集中，农业机械化利用率较低，缺乏劳动力资源。地处偏僻，没有产业支撑，村级集体经济增收缓慢，带富帮贫的能力弱。人口老龄化严重，是造成贫困的主要原因。"

　　驻村工作队队员介绍着青山村的情况，车在不知不觉间停止了颠簸，又驶上了平坦的水泥路。抬头看，一个山环水绕的美丽村庄呈现在我面前。

　　白墙青瓦的崭新民居，整洁的街路、绿植，从村容村貌上已看不到任何贫困的痕迹，反倒给人一种静谧安宁中隐隐透着富足的感觉。

三、难忘的午餐

　　"青山村的问题，主要还是上项目。"在青山村村部，和龙市文广新局黄局长开门见山地说。

　　文广新局是青山村对口包保单位，黄局长正带领局工作队一行人吃住在村里，进行最后的脱贫攻坚。

　　几名工作人员正在电脑前紧张地忙碌着，局广电科科长、驻村第一书记王忠汇总着各种数据。他们这里的扶贫攻坚似乎到了决战的时刻。

　　"2018年底，能整体脱贫吗？"

　　"能，这是必须完成的任务，我们不能拖全市的后腿！"王忠回答得很坚决。我想他的坚决应该来自于前几年的扎实工作。

　　黄局长和几名领导带人实地踏查引资上项目的事情去

了。王忠介绍说，这个冷水鱼养殖项目和特色旅游项目是保证青山村后续稳定增收的重要措施。2018年，他们的主要目标就是通过开发式扶贫、造血式扶贫，到年底，确保现行标准下的80户143人全部实现脱贫。为此他们局主要领导带队组成了驻村工作队，昼夜工作在村里，推动优势资源、主要力量向青山村倾斜，一包到底，不脱贫不撒手。同时因户制宜，精准施策，全面掌握贫困户基本情况，坚持宜农则农，宜游则游，宜商则商，实行差别扶持，精准化帮扶，使帮扶实效明显提高。

"走一步看三步。现在，我们考虑的是脱贫摘帽后青山村该怎样进一步发展。"

王忠说着，谈起了驻村以来对包保帮扶措施的一些感想和体会。

他说，注重用好扶贫政策资金很关键。以村为单位统筹安排资金，针对经营能力不足、发展资源不足、发展资金不足等原因，组织农场等新型农业经营主体带动扶持贫困户增收致富。参与实施生态保护工程、教育脱贫工程、健康扶贫行动和社会保障兜底，帮助贫困村和贫困户脱贫致富。

注重提升致富增收能力。树立"扶贫先扶智，脱贫先脱愚"的理念，借助"一送两服务""联合培训"和农村党员现代远程教育等送教下乡平台，充分发挥优秀青年农民学校主阵地的作用，采取送培训上门、送技术上门、送信息上门等方式，对贫困群众进行政策法规、农业技术、文化体育健康、公民道德等方面的教育培训，在提升贫困人口致富技能的同时，大力培养有文化、懂经营、会管理的新型农民。加大"互联网＋"扶贫力度，深入推进"远程教育助力电子商务进万村"活动，依托农村便民服务大厅，实现农产品网络销售平台全覆盖，定期开展农村电商人才培训，对贫困人口开设网店给予一定资费补助。依托村级组织活动场所，开展"文化下乡""农村电影放映工程"等群众性公共文化服务。

注重增强结对帮扶成效。坚持"四个联系""五个帮送""四必到、四必访"，即重要节日要联系、生病住院要联系、遇重大灾害或特殊困难要联系、遇重大矛盾纠纷要联系；送观念、送政策、送技能、送信息、送资金；有不满情绪必到、有突发事件必到、有矛盾纠纷必到、有喜事丧事必到和困难家庭必访、危重病人家庭必访、空巢老人及留守儿童家庭必访、信访户必访。不断创新帮扶方式，掌握致贫原因，实施脱贫办法。

注重发挥党建带动作用。注重脱贫攻坚与基层党建工作的深度融合，指导贫困村全面加强党建工作。整体推进村级组织规范化服务建设，通过建强服务组织、完善服务阵地、保障服务经费、落实服务制度、健全服务体系等措施，全面提升服务贫困户的能力和水平，提升村党组织的服务功能和政治功能，发挥村党组织在脱贫攻坚中的重要作用。强化"第一书记"监督管理，发挥建强基层组织、推动精准扶贫、为民办事服务的优势，实现"一人驻村、集体帮扶"。

王忠很健谈，几年的驻村工作实践，他已经积累了丰富的扶贫工作经验。看得出来，这个大山深处的海兰江源头第一村，已经在驻村工作队和村两委及全体村民的共同努力下发生了历史性的巨变。

午餐就在村部后院驻村工作队宿舍的地炕上，是王忠亲自下厨操持的一锅米饭，几盘青菜。我们一行围桌而坐，仍然讨论着青山村未来的发展，气氛热烈。望着驻村工作队队员们一张张充满激情的真诚面孔，一餐十分简单的饭菜让我吃出了绵远悠长的滋味，令人终生难忘。

⊙ 满山遍野的金达莱

四、巍巍青山

上次来和龙，在市革命老区促进会，秘书长王德发和副会长、和龙文史专家侯振清向我讲解完青山里的一段抗日传奇后，青山里就作为一个神圣的符号，深深地刻入了我的记忆。此行尚未结束，我还没有走到甑峰岭上，还没有走到海兰江的源头，还没有找到青山里抗日大捷战绩地。冥冥之中如同获得了某种神谕，总有一股强大的力量指引着我，让我走下去，坚定不移地走下去，将几个月来在延边大地的行走在海兰江的源头、在神圣的青山里划上一个阶段性的圆满句号。

很有必要说一说青山里抗日大捷。

1920年秋，驻朝日军炮制了"珲春事件"。10月3日，日本陆军大臣田中义一以此为借口，任命大庭二郎为司令，统率装备精良的正规军2万余人大举进攻珲（春）、汪（清）、延（吉）、和（龙），实施了惨绝人寰的"庚申年大讨伐"。10月上旬，以驻朝日军19师团长高岛友开为总指挥的15000余人开进和龙，妄图剿灭洪范图、金佐镇两支东满最大的民间抗日武装。10月13日，洪范图在蛤蟆塘召开各抗日团体联席会议，决定由自己和金佐镇分别任总指挥和副总指挥，统一调度，联手抗日。

首次战斗是10月21日上午8时许的白云坪伏击战。仅用了一个小时，就首战告捷，毙敌200多人，日军狼狈逃窜。

10月22日清晨4时，金佐镇率部袭击了日军驻泉水坪骑兵48人。除4人逃跑外，其余全部击毙，缴获大批战马辎重。

10月22日7时许，洪范图一部与200多人的日本讨伐队在千里峰遭遇。日军不断调来援军，洪部腹背受敌，打得十分惨烈。战斗持续到当日午夜时分，洪率部偷偷撤出。10月23日拂晓，两股前来夹击的日军自相交火，损失惨重。此战共击毙日本官兵400多人。

10月23日9时许，洪范图部占领了渔浪村西端的874高地，与1000多日军展开了一场大决战。战斗持续到晚上7点多，共消灭日军300多人。

10月25日，洪范图部在古洞河战斗中一举歼灭日军100多人。此后，还有茂山间岛之战、长仁江之战等，史称"青山里战役"，共歼灭日军1200多人。

青山里之战，是洪、金两部以少胜多、以弱胜强的经典战例，打破了"皇军无敌"的神话。

青山里抗日大捷，是中国现代反侵略斗争史上空前的一次大胜利，举国振奋，举世震惊。这场战役把抗日的火种撒遍东满，为后来各支游击队伍的建立和发展奠定了基础。

听说我要去拜谒战场遗址，青山村党支部书记李成学叫来村主任朴东权，朴东权想了一下回去开来一辆越野车，我们一行四人便出发了。

 青山里大捷纪念碑

我们出青山村不远便拐上了一条土便道，朴东权主任熟练地驾车向前飞奔，越野车起伏颠簸着，感觉如同骑着一匹战马在林海间驰骋。一座新建的铁路大桥高高地飞架在两座大山之间，似一条腾云驾雾的巨龙，让人感到，昔日闭塞的大山深处早已融入了现代文明。

一座山峰突兀地横在眼前，车停下来。我看到几百级花岗岩石阶之上，青山里大捷纪念碑傲然耸立，庄严肃穆，恰似一个民族不屈的身影，坚如磐石般挺立山巅，静听着耳畔的惊雷激荡，注视着眼前的风云变幻。

我们一行拾阶而上，绕碑凭吊，沉默无语，只有山风呼喊，林涛阵阵。

　　从纪念碑处出发，向西南一路蜿蜒，越野车便爬行在甑峰岭上了。大山里，山路崎岖，树枝遮挡着视线，有时你根本感觉不到脚下还有路，只觉得很盲目地在林海里穿行。另一边山涧里的海兰江也越来越瘦，越来越细，最后终于变成一线溪流，闪闪烁烁地挂在一片碧绿的山间。随着两座山峰突然收窄，海兰江渐渐向我们靠拢过来，还有两次，我们的车竟从海兰江上穿江而过。此时，我觉得叫海兰溪更为贴切，越野车涉水而过，竟在眨眼之间。

　　车再次停下来的地方叫白云坪。一大片山坡上长满了杂草灌木，狭长的地域，一片绿草之上跃动着金色的阳光，在坡底又向两边开阔出去，像一个"丁"字形。在四周阴翳蔽

⊙ 白云坪村遗址

日、大树参天的大山里，突然有这么一块开阔的地域，让我感到很神奇也很意外。

朴东权主任告诉我，这里原来是一个很大的村庄，有几百口人居住在这里，他小的时候还能看到一些残墙断壁。青山里战役后，吃了亏的日本侵略者恼羞成怒，将甑峰岭腹地的白云坪村放火焚毁，男女老少几百口人全部屠杀。

我终于明白了，海兰江源头的第一村原不是青山村，而是白云坪。虽然这里的房屋被侵略者彻底焚毁，这里的人民被侵略者屠杀殆尽，此后再无人来此定居长住，但是朗朗乾坤告诉我，巍巍青山告诉我，几百个不散的冤魂告诉我，这里还顽强地保留着白云坪村宽阔的基址。否则，近百年的时间了，这片平坦的土地为什么没有被周围的林海所吞没，甚至没有长出一棵高大的乔木？

终于，我走到了地理意义上的海兰江源头，再往前就是山顶上一片沼泽的老里克湖了。一线溪流从山涧巨石上跌落，瞬间碎裂成无数洁白的小花，发出巨大的声响，伴着呼呼的山风，有了震耳欲聋的感觉。溪边一块沧桑的巨石上，刻着"海兰江"三个朝鲜文字，似在无言地提醒着我，那浩浩荡荡的大江之水就是在这里发端，喷涌而出。

蓝天高远，白云悠悠，青山巍巍，江水啸啸。

海兰江水日夜奔流，海兰江畔稻花飘香。

我仿佛看到一江大水浩荡向前，穿过几千年战火交织的

⊙ 海兰江源头

历史烽烟，流淌过几千年血泪斑斑的苦难岁月，正向着一个太平盛世的幸福明天奔涌而去，滚滚向前，向前！

永远的海兰江

一、旅人履痕

从这个春天开始，我的脚步一直在海兰江畔行走，走到夏，再走到秋。看那一粒粒稻种混合着泥土被播种进育秧大棚的塑料托盘中，看那一株株嫩绿秧苗伴着耕者的希望被插秧机一排排栽到田地里，看那柔弱的稻秧慢慢缓苗返青，逐渐茁壮，看那水田里的小螃蟹一点点长大，直到金风送爽，海兰江畔一望无际的碧绿变成遍地金黄。

又一个收获的季节到来了，这片沉重的黑土地又将以自己的丰腴为勤劳的人们奉上沉甸甸的收获。

土地，村庄，人。

海兰江畔，从蛮荒蒙昧到文明初曙，再到繁荣昌盛。千百年来，多少次的循环往复，早已无从得知。

青山巍巍，江水悠悠，草木荣枯，岁岁如是。

世纪之交，海兰江畔这方沃土上的历史巨变正渐次走向

⊙ 海兰江畔稻花香

高潮。诚然，我们的一些村庄空心化了，凋敝了，衰落了，年轻人走了，建制撤销了，整合了。一些专家学者像唱夕阳挽歌一般哀叹几千年乡村文明的衰落，可是像以往那样，把人们全部束缚在有限的土地上，让一个个村庄过着人气旺盛的穷日子，能算得上乡村的繁荣吗？乡村振兴，民族复兴，必须把更多的人从土地上解放出来。我坚信，随着土地确权流转制度的确立和全面建成小康社会战略的实施，乡村整合的步伐还要加快，一定还有更多的村庄消失，更多的人离开土地出走。然而，只要这大片的沃野良田还在耕种，还在比原来更好地奉献着丰腴的果实，我们的农耕文明就非但没有衰落，反而经历了转型的阵痛后，在更高的层次上获得了新生。

这是历史的必然选择。

在海兰江畔行走，我还时常处在感动、激动中，有时甚至激情澎湃，热泪盈眶。

这是一片肥沃的土地，这是一片沉重的土地，这是一片激荡着历史烟云的土地。在这片长满榆树的土地上，100多年前，朝鲜族先民、汉族先民等各民族儿女重新点燃了人类文明的篝火，开垦出千里沃野，使中断了数百年的农耕文明得以延续。

这是一片肥沃的土地，这是一片沉重的土地，这是一片浸透了血与泪的苦难土地。在那场抗击外敌入侵的战争中，无数优秀的边疆各族儿女用自己的鲜血和生命誓死捍卫了这片土地的尊严。

这是一片肥沃的土地，这是一片沉重的土地，这更是一片充满希望与梦想的生机勃发的土地。从侯志国身上，从吕冠军身上，从王忠良身上，从卢锡顺身上，从元永镇、玄在权、金成杰、崔静花身上，从我采访的近百名最基层的普通党员干部身上，我看到了童长荣的身影，看到了公道轸的身影，看到了崔相东、申春等无数为这块土地抛洒过一腔热血的先烈们的身影。我看到了一个政党曾经走过的路，找到了她出发的原点，明白了她从哪里来，又将带领人民走向何方。

二、未来将来

行走在海兰江畔，我的时间有限，我的文字更有限。那些我约好了但尚未前去拜望的我可敬的父老乡亲，仍不时以各种方式浮现在我的脑海。也许，在将来的某个时刻，当我再次开启海兰江畔的行走时，我会弥补上此次的遗憾，因为他们还在等着我。他们是：

感恩当年逃荒时朝鲜族同胞对自己的救助，富裕起来后几十年如一日地帮助朝鲜族同胞的全国民族团结进步先进个人、吉林好人，78岁的孙琛老人；

驻守一疆故土、造福一方百姓的大洞村党支部书记霍锡虎；

扎根乡村、奉献才华的东城镇党委宣传委员马文雪；

自主发展、造福乡梓的返乡创业优秀人才王正福；

励志照亮人生、创业改变命运的吕亚魁；

抗日英烈陈文起的后代陈兴林；

敬业奉献的山村女教师邱丽敏；

大山里的守望者、松江河小学的腾志范；

齐心协力建设美丽乡村的二店村党支部书记陈淑丽；

建堡垒聚民心的三道河子村党支部副书记谷风杰；

抗洪抢险冲锋在前的沙河沿镇镇长焦立波；

村民脱贫致富领路人、小山村党支部书记史学良；

心系百姓、为民履职的乡镇发展领头雁、镇委书记田东辉；

心怀党恩、反哺百姓的乡村企业家毕诗杰；

让创业梦想在家乡绽放的能源科技公司总经理刘强利；

科技创新、回报家乡的优秀复员军人王新；

返乡创业、为梦起航的致富能手李强；

自强不息、电商创业的新型农民刘洋；

学成后服务家乡、着眼市场、带动周边共同致富的中药种植能手王宪丰；

投身扶贫攻坚、彰显无悔人生的东甸村第一书记崔成日；

群众贴心的第一书记栾胜磊；

没有休息日的第一书记刘敬达；

奋战在脱贫第一线的党建指导员严承武、丛培文；

"比赚钱更有意义的事就是带领各族村民共同致富"的碧水村有机蔬菜种植合作社理事长李昌男；

党旗引领惠民路的河北村党支部书记刘海涛；

乡情点燃返乡创业激情的小南村党员金国星；

心系群众万千事、和风细雨润物无声的支部书记罗哲龙；

村民脱贫领路人、龙城村党支部书记崔铉；

民族团结模范吴虎哲；

一心服务在朝鲜族村的汉族女村干部付殿梅；

燃青春岁月历练自我、展创业宏图梦圆家乡的食用菌专业合作社理事长洪玉盛；

舍小家顾大家的好村支书许明顺；

一心为民的好书记崔明宇；

苦练朝语的"双语书记"刘元东；

闲不住的村干部乔正伟；

"牛官"村主任张纪国；

全心全意为民服务的村主任徐照林；

兴办村企奔富路的村主任崔春吉；

文明乡村领路人、村主任李君；

把民族团结放在首位的村党支部书记李相弼；

返乡游子、带富一村的五凤村村主任公维家；

发展特色产业的西大桥村党支部书记王玉才；

共同富裕、"闯"字当先的南台子村村主任张洪亮；

带领村民快乐奔小康的泗水村村主任尹秀华；

勇成村的当家人朴光善；

为村民铺就致富路的东兴村党支部书记吴春梅；

坚信孟岭村的未来会像富硒苹果一样红火的村主任李峰杰；

……

还有崇民村、二合店村、白龙村、下洼子村、张芝村、中成村、新民村、太兴村、安岭村、河南村、古城村、腰岭子村、大桥村、奶头山村、河北村、杨木村、桦树村、大山村、龙盛村、唐家店村、凉水村、东清村、磨盘山村、怀庆村、解放村……

这些写入我采访计划的人物和村庄，仍在和我遥相守望，我期待着在不久的将来能和他们有一次相逢。

在海兰江畔行走的日子里，和龙市委宣传部苏志远部长在繁忙的工作中一直密切关注着我的行程，尽可能为我的顺利采访提供帮助，即使是驻扎在村里扶贫攻坚的关键时刻，也每天打电话来询问情况。当我想去看看他负责的村庄时，他却婉言谢绝了，说"还是多写写基层吧"。

还有和龙市原副市长、吉林省新闻出版广电局张晶昱处长，和龙市文联崔静花副主席、徐华同志，安图县委宣传部崔文德部长、唐晓伟副部长、李铁峰科长，松江镇宣传委员刘焕同志，延边州委宣传部徐春梅副处长、韩民哲同志，延边州公安交警支队董瑞光主任、国斌科长。我希望在未来的某一个时刻，就着清风明月，我们能够共同回忆起海兰江畔、延边大地上的这段人生经历。

第二次行走延边大地时，有幸和电视纪录片《海兰江畔稻花香》摄制组的李冬冬主任、葛维国导演等诸位老师一路同行。一周的时间，深入的交流，与文化同仁们在一起，紧张忙碌且愉悦欢乐，让我终于明白，哪里才是我的精神家园。

紧张的采访写作，如同翻越一座又一座高山峻岭，常常让我汗流浃背，气喘吁吁。而今，当我终于接近最后的山巅时，才猛然发现，时光匆匆，从春到秋，昨日已去，来日可期。

三、文学不能缺席

行走在海兰江畔，常常让我心潮起伏，思接千载。所以我曾短暂地停下，一次又一次回望，再回望。

20世纪末21世纪初的几十年，不过是人类历史长河中的短暂一瞬，然而历史必将以浓墨重彩的一笔记下这一瞬。在这几十年间，几千年来苦难深重的中华民族终于在纷纭复杂的历史迷雾中拨云见日，抓住了难得的发展机遇，向着全民族复兴的宏伟目标飞奔。脱贫攻坚，全面小康路上一个都不能少，乡村振兴更是中华民族伟大复兴的重要指标。

⊙ 永远的金达莱

　　然而，扶贫之艰辛，任务之艰巨，远超人们的想象。我一个村庄接着一个村庄地走访，一个村民接着一个村民地深入交谈——他们有脱贫的，有即将脱贫的，还有几乎看不到脱贫希望只能靠政策兜底的——梳理文字之时，我常常被第一书记们，被最基层的乡村党员干部们，被我们共产党人百折不挠的坚韧毅力、迎难而上的决心、勇于担当的使命感所感动。

　　有的村庄，脱贫成绩并不突出，几个小项目仅仅使村民刚刚达到脱贫线，村集体也没有什么收入，但我还是当作重点来写，就是想实事求是地记录下这场伟大脱贫斗争的真实全貌。

　　无论是过去还是现在，在人类的发展历史上，中国共产党人带领全民族进行的这场伟大斗争都是亘古未有的。当宏伟的目标渐渐向我们靠近，恰如东天破晓的第一缕曙光照亮沉沉大地之际，文学怎么能够缺席？文学也不应该缺席。每一个有责任、有担当的作家都应该走出书斋，到田野去、到乡村去、到村民中去、到广大的基层党员干部中去，用心去感受人民群众的喜怒哀乐，用笔去讲述、去记录这千载难逢的伟大时代的历史巨变。

　　果若如此，时代之幸！作家之幸！

　　所以，我深深地感谢吉林省委宣传部，感谢时代文艺出版社，给了我一次以文学的方式深度介入生活的机会。

四、江河万古流

红太阳，照边疆

青山绿水披霞光

长白山下果树成行

海兰江畔稻花香

　　这段20世纪60年代风靡神州大地的优美旋律，时常伴着我此次的采访和写作。在苏志远部长的安排下，我电话采访了和龙市走出去的著名作曲家金凤浩先生。

　　老先生已是81岁高龄，但电话里的声音依然洪亮，侃侃而谈。金先生说这首歌创作于20世纪60年代中期，当时他正在和龙县文工团工作。金先生还说，20世纪五六十年代，他们每年要下乡劳动两个月，到乡村演出8个月，200多天，送文艺下乡，一个村一个村地演。每天演出完再拆完舞台，都要忙活到后半夜一两点钟才休息，而第二天天一亮又要步行几十里地赶往下一个村。最困难的时候，老乡们在苞米面糊糊中放一块自己不舍得吃的腌萝卜，就是对文工团员们的最高礼遇了。虽然很艰苦，但那时倒没有觉得，反倒每个人都干劲儿十足，斗志昂扬，没有喊苦叫累的。

　　"每个人都干劲儿十足，斗志昂扬。"金凤浩老先生一连重复了几遍。老先生的话又让我想起了海兰江畔的行走，想起了延边乃至整个中国大地，都正以饱满的热情全力投入到脱贫攻坚战中。

我还想起了高春祥、王云玲夫妇，这对在黑土地上摸爬滚打、种了大半辈子水稻的农民夫妻。他们话语不多，但那洋溢在脸上的灿烂笑容却足以感染每一个见到他们的人。

双河村自脱贫攻坚以来，在上级党组织的支持下，村民们请回了在外地创业成功的退役军人尤双印当带头人。短短几年时间，柏油路户户通了，太阳能路灯彻夜亮了，文体活动室、会议室、村卫生室、村政务大厅、文化活动广场等高标准公共服务场所建设完成。村容村貌美了，村民们的文化生活也丰富多彩起来。

2016年，龙双印又带头成立了双禾水稻种植专业合作社，并很快发展到137户，实际种植面积120多公顷，全村37户贫困户全部入社。在中国扶贫基金会的帮助下，村民们和电商平台"善品公社"合作，进一步拓展"互联网+扶贫"的思路，创造出了"农户+合作社+电商平台"的脱贫模式，将优质的稻花香大米卖到了全国各地。2018年末，仅合作社分红一块，就使得37户贫困户全部实现脱贫摘帽。难怪高春祥、王云玲夫妇笑得如此明丽动人，如此开心幸福。透过他们灿烂的笑容，我真切地感受到了他们对于曾经梦想的美好生活正在变为现实的满足和喜悦，感受到了他们对更加美好的明天的期盼与憧憬。

我相信，这对普通农民夫妻的笑容不仅刻入了我的头脑，更会成为我们这个伟大时代记忆的一部分。

巍巍甑峰岭，滚滚海兰江，延边大地，平岗绿洲，从党的总书记，到乡村的党员干部和普通群众，为了脱贫攻坚、为了全面小康、为了乡村振兴，都把奔忙劳碌的身影留在了这里。

在我人生的这个特殊时刻，怀揣着以文学反映火热现实生活、记录伟大时代的理想，与海兰江结缘。对于这片神奇的土地，我只是一个匆匆的过客，然而，我希望可以把我的文字留在海兰江畔。

此刻，望着巍巍的青山和滔滔的江水，我仿佛看到了一个民族的身影正浩浩荡荡地行进在伟大复兴的道路上，不屈不挠、威武雄壮、势不可挡！

再见，海兰江！